Anna Croissant-Rust
Erzählungen. Prinzessin auf der Erbse
und Pimpernellche

fabula Verlag Hamburg

ISBN: 978-3-95855-437-5
Druck: fabula Verlag Hamburg, 2017
Covergestaltung: Marta Czerwinski

Satz und Lektorat: Katharina Gutermuth

Der fabula Verlag Hamburg ist ein Imprint der Diplomica Verlag GmbH.
Bibliografische Information der Deutschen Nationalbibliothek:
Die Deutsche Nationalbibliothek verzeichnet diese Publikation in der Deutschen Nationalbibliografie; detaillierte bibliografische Daten sind im Internet
über http://dnb.d-nb.de abrufbar.

Anna Croissant-Rust

Erzählungen
Prinzessin auf der Erbse und Pimpernellche

 fabula

Inhalt

Hans Christian Andersen

Die Prinzessin auf der Erbse

Es war einmal ein Prinz, der wollte eine Prinzessin heiraten. Aber das sollte eine wirkliche Prinzessin sein. Da reiste er in der ganzen Welt herum, um eine solche zu finden, aber überall fehlte etwas. Prinzessinnen gab es genug, aber ob es wirkliche Prinzessinnen waren, konnte er nie herausfinden. Immer war da etwas, was nicht ganz in Ordnung war. Da kam er wieder nach Hause und war ganz traurig, denn er wollte doch gern eine wirkliche Prinzessin haben.

Eines Abends zog ein furchtbares Wetter auf; es blitzte und donnerte, der Regen stürzte herab, und es war ganz entsetzlich. Da klopfte es an das Stadttor, und der alte König ging hin, um aufzumachen.

Es war eine Prinzessin, die draußen vor dem Tor stand. Aber wie sah sie vom Regen und dem bösen Wetter aus! Das Wasser lief ihr von den Haaren und Kleidern herab, lief in die Schnäbel der Schuhe hinein und zum Absatz wieder hinaus. Sie sagte, dass sie eine wirkliche Prinzessin wäre.

›Ja, das werden wir schon erfahren!‹, dachte die alte Königin, aber sie sagte nichts, ging in die Schlafkammer hinein, nahm alles Bettzeug ab und legte eine Erbse auf den Boden der Bettstelle. Dann nahm sie zwanzig Matratzen, legte sie auf die Erbse und dann noch zwanzig Eiderdaunendecken oben auf die Matratzen.

Hier sollte nun die Prinzessin die ganze Nacht über liegen. Am Morgen wurde sie gefragt, wie sie geschlafen hätte.

»Oh, entsetzlich schlecht!«, sagte die Prinzessin. »Ich habe fast die ganze Nacht kein Auge geschlossen! Gott weiß, was in meinem Bett gewesen ist. Ich habe auf etwas Hartem gelegen, sodass ich am ganzen Körper ganz braun und blau bin! Es ist ganz entsetzlich!«

Daran konnte man sehen, dass sie eine wirkliche Prinzessin war, da sie durch die zwanzig Matratzen und die zwanzig Eiderdaunendecken die Erbse gespürt hatte. So feinfühlig konnte niemand sein außer einer echten Prinzessin.

Da nahm sie der Prinz zur Frau, denn nun wusste er, dass er eine wirkliche Prinzessin gefunden hatte. Und die Erbse kam auf die Kunstkammer, wo sie noch zu sehen ist, wenn sie niemand gestohlen hat.

Seht, das war eine wirkliche Geschichte!

Anna Croissant-Rust

Prinzessin auf der Erbse

Nun sahen sie ein, dass sie eine wirkliche Prinzessin war, weil sie durch die zwanzig Matratzen und die zwanzig Eiderdunenbetten hindurch die Erbse verspürt hatte. So empfindlich konnte niemand sein, als eine wirkliche Prinzessin.

Da nahm der Prinz sie zur Frau, denn nun wusste er, dass er eine wirkliche Prinzessin besitze, und die Erbse kam auf die Kunstkammer, wo sie noch zu sehen ist, wenn niemand sie gestohlen hat.

Sieh, das ist eine wahre Geschichte.«– –

»Aber du hörst ja nicht zu, du!«

»Ja, – ja freilich Ernst, ich hab' alles gehört.«

»Nein, du hast geschlafen, tatsächlich geschlafen.«

»Unsinn, ich war ganz wach, ich hockte nur so, weil –«

»Ah, bah Blech! Ich hab's g'rad gesehen. Dann sag' mir nur gleich, um was es sich gehandelt hat.«

»Um das Märchen halt von der, die im Regen vor dem Stadttor stand und sagte, sie sei eine Prinzessin.«

»Und? –«

»Was?«

»Was noch? – Weiter, weiter!«

»Herein wollte sie halt und wollte ein Bett, weil sie's fror und – und –«

»Ja das ist der Anfang, da hattest du deine Augen noch offen, ich weiß es ganz genau. Aber jetzt kannst du sicher nicht weiter, du Erzschwindlerin.«

»Jawohl kann ich, ja wohl! Du lässt einen ja gar nicht ausreden, nicht besinnen –«

»Also ich werde mich ganz stumm verhalten, wie ein Karthäuser.«

»Ach nein, du, das kannst du nicht, nein nein! Und was ist das ein Karthäuser?«

»Ein Karthäuser ist derjenige, welcher –«

»Du musst doch stumm sein!«

»Wenn du einen aber frägst und so idiotisch bist!«

»Das merkt der Mensch gar nicht! Ich wollte dich eben zum Reden bringen!«

»Damit du deine Geschichte nicht zu erzählen brauchst! – Kennt man. Also?« –

»Wenn du immerfort redest, vergesse ich sie natürlich.«

»Unglaublich! Frauenzimmer, Frauenzimmer, ich sag' dir – – bemogeln gilt durchaus nicht; so zieht sie sich aus der Schlinge.«

»Nein, das gilt nicht, das gilt nicht! Du darfst einmal nichts sagen, du hast zu schweigen.«

»Und du zu reden.«

»Ich wette, du kannst nicht ruhig sein.«

»Oho! – Und ich, du kannst nichts erzählen. Um was wetten wir, Maus?«

»Still sein sag' ich, jetzt komm' ich –«

»Sag' nur nicht ›sagt der Hanswurst‹! Denn das hast du sagen wollen. Gewiss, gewiss. O, ich weiß es so sicher. Ich kann das nicht leiden und immer wieder – – Unausstehlich! Du weißt doch, dass ich diese Sachen hasse, dass sie mir in den Tod zuwider sind, warum nur –«

»Jetzt mag ich auch nichts mehr erzählen.«

»Wissen wir. Dann gewinne ich eben die Wette, meine artige Gnädige… weiter nichts.«

»Wie wenn wir überhaupt gewettet hätten, so richtig! Und dann hast du sie schon lang verloren, du Schaf!«

»Nun sollst du sie eben auch verlieren, ich möchte es zu gern, kleine Maus! weißt du danach – das ist dann immer so schön – –«

»Also wo war ich?«

»Gelt du weißt's nimmer!? So schlag doch los!«

»Ja, hm! – etsch! weiß ich's. Wo die Person, die Prinzessin windelweich war vor Regen und herein wollte und der alte König aufmachte. Und weiter weiß ich auch noch. Es war recht dumm. Denn ein König macht die Stadttore nicht auf und schon gar nicht, wenn es regnet. Lach doch nicht so, – so eigen, es ist doch dumm, und es ist dumm. Weil eine Königin nicht die zwanzig Matratzen und zwanzig Eiderbetten«

»Eiderdunenbetten sagt man – «

»Ach Gott! – also Eiderdunenbetten selbst herrichtet, weil ein Bett so hoch wird, dass man den Kopf an die Decke stößt, da kann doch kein Mensch schlafen! Und dass die verweichte Prinzessin auch noch die Erbse durchgespürt hat, das ist doch zu dumm, zu dumm, das gibt's einfach nicht! Und der Prinz hat sie deswegen zur Frau genommen; – so, so, so dumm! – Hab' ich's jetzt gewusst oder nicht? Jetzt will ich dir's aber auch sagen, dass ich doch beinahe eingeschlafen wäre, weil es wirklich zu langweilig war. Warum liest du mir auch solches Zeug vor? Ich bin doch kein kleines Kind, ich glaub's doch nicht!«

»Warum ich es dir vorlese? Damit du es nicht verstehst, das ist eben der Witz. Ich werde mich hüten in Zukunft.«

»Aber Schatz, aber Schatz warum bist du denn jetzt böse? – Schau mich nicht so an, deine Augen tun mir weh. Ich hab' doch nichts getan? Weißt du, wenn dir die Märchen gut gefallen, lies sie nur wieder, ich schlafe nicht, Herzensschatz, nein, nein, ganz gewiss nicht. Ich kann sie dann alle nacherzählen.«

»O, wie ein Papagei, das kann die Gnädige.«

»Was hab' ich denn nur getan, warum bist du so zornig, ich weiß nicht – –«

»Das ist's eben, dass du's nicht weißt!«

»Vielleicht, wenn du mir bei so was ein bissel helfen woll-test – erklären, ich hab' doch am Ende nicht recht, und es ist doch nicht so arg dumm.«

»Hör' auf! Ich kann das Gerede nicht haben.«

»Sag' mir nur, warum du gar so bös bist? Sei wieder lieb!«

»Warum bist du bös, sei wieder lieb! es ist zum Rasend-werden! Ich hab's satt, genug, genug bis daher. Rühr' mich nicht an, ich will nichts wissen jetzt, gar, gar nichts wissen.«

Da war er schon fort, hinaus in die Dämmerung.

Wie es regnete! Die Tropfen knatterten ordentlich gegen die Scheiben, und die Dachrinne spie und plätscherte heute schon stundenlang. Ohne Regenschirm. Oh! es war schreck-lich! und wie zornig er war! Wenn sie ihm nachlief und den Schirm brachte? Elisabeth schüttelte den Kopf. Nein, nein, sie wusste wie das wieder wurde, wenn er so war. Er war im Stan-de und schlug ihn ihr aus der Hand. Was er nur hatte! Traurig ging sie zum Fenster und hob den Vorhang von den kleinen Scheiben. Beinahe ganz dunkel draußen. Aber sie sah ihn noch den Berg hinauf rennen gegen das Dorf droben, gegen Margreten zu.

Was sie nur wieder getan hatte!? Das tat so weh, dass sie gar nichts wusste und ratlos suchte, was ihn so hart gemacht! Wie gern wollte sie ihm nachlaufen stundenweit und ihn bitten, sei nur wieder gut, sag' mir, was ich getan, wenn er sie nur wieder ansah mit den lieben Augen – – Und es fing an sie in der Keh-le zu drücken, und die Tränen kamen langsam, dann immer schneller, und sie tastete sich vom Fenster weg und im Däm-mer nach dem Divan. In die Ecke gekauert schluchzte sie und ließ sich willig von ihrem Schmerz stoßen. Er tat ihr Unrecht, warum kam er denn oft ganz plötzlich in Wut und behandelte sie dann ungerecht? O er war garstig, recht garstig mit ihr. Sie streichelte sich förmlich selbst vor Mitleiden. Und so kurz erst verheiratet zu sein, kaum ein paar Monate! Sogar im Anfang war er schon einige Mal' furchtbar zornig gewesen, in der Stadt drinnen, als Freunde bei ihnen waren. Da heraußen auf dem Lande war es ja besser, nur manchmal, wie vorhin. –

Wenn das so fortging! Was für ein Leben! Warum hatte er sie denn nicht lieber bei den Verwandten gelassen auf dem Gut? Hätte er sie halt nicht geheiratet, sie hatte ihm doch gesagt, dass sie nichts von der Stadt wisse und nichts von seinen gelehrten Sachen.

»Du kleine, dumme Maus, was brauchst du denn das zu wissen? Du sollst mir doch nicht denken helfen! Lieb sollst Du mich haben, recht, recht lieb, o es wird so schön werden!«

Genau das hatte er zu ihr gesagt, und jetzt war sie ihm doch nicht recht so, wie sie war.

Alles wollte sie ja für ihn tun, wenn er sie nur lieb hatte. Nur ein wenig, nicht so arg wie sie ihn, das konnte er nicht, das war gar nicht möglich.

Die Dunkelheit kam schnell an diesem stürmischen Märzabend, kaum unterschied man noch die Gegenstände im Zimmer in ihren verschwommenen Umrissen. Breit, wie schläfrige Ungetüme hockten die Kommode in der Ecke und der Schreibtisch am Fenster. Nur die Dielen schimmerten hell und der weiße Maueranstrich. Durch die Scheiben sah man die Bäume vor dem Hause wie im Zorn in der Luft herumfuchteln, und es platschte und platschte immer zu. Kühl wurde es auch, Elisabeth fröstelte in ihrer Ecke; wenn der Wind an den Fenstern riss und am Scheunentor knarrte, jagte es ihr eiskalte Schauder über den Rücken. Die Bäuerin, das Nannei, hätte wohl nachschauen können, ob sie kein Feuer brauche, selbst wollte sie keins machen, es war doch alles gleich, denn ganz gewiss er liebte sie nimmer. Ganz gewiss.

Warum hatte er sie denn überhaupt geheiratet? Sie setzte sich aufrecht, halb kniend starrte sie mit aufgerissenen Augen in das Dunkel.

Warum? Warum?

Sie hatte sich so sehr gefreut, mit ihm bei den Bauern zu wohnen, bei seinen alten Freunden, dem Ani und seinem Nannei, und nicht mehr in der großen Stadt, wo sie seine Bekannten alle anstarrten, musterten, wo alles dumpf und eng war, keine Bäume, keine Blumen. –

Ach der Tag, an dem sie kamen! Ein ganz warmer, sonniger Märznachmittag, staubig, die Berge dunkelblau, das Tal hell und wie frisch gewaschen. An der Bahn war der alte Ani mit der grünen, feiertägigen Pfeife, und der Spitz Romano, der Ernst gleich bis an den Hals sprang vor Wiedersehensfreude. Und das kleine, wohlige, warme Bauernhaus mit der Holzaltane und dem breiten Dach, ganz festlich geputzt vom Nannei. Da durfte sie nun ihre zwei netten Stuben einrichten. – Die blitzblanke Freude am Neuen kam ihr wieder, das sie mit vollen Armen umschloss und an sich drückte – heimlich schlich sich leispochende Sehnsucht ein. O wieder so reich, so sorglos sein, voll dankender Liebe, voll strahlenden, kaum zu fassenden Glückes! O erste Tage voll verschwiegener Zärtlichkeit, voll heimlichen Jubels, geborgen in den niederen Bauernzimmern.

Elisabeth kam in's schaukelnde Fahrwasser der Wehmut. Von der »Stub'n« drunten tönt Anis Zither wie eine beschwichtigende Begleitung zu ihren Gedanken. Was sie nur hatte! Es war ja noch alles da!

Drunten saßen sie um den großen Tisch, Ani und die Nachbarburschen rauchten und spielten »auf«, das Herdfeuer prasselte und Nannei kochte – wie immer. Die würden sie schön auslachen, dass sie im Finstern saß und heulte! Schnell stand sie auf und zündete die Lampe an. Alles sah anders aus, sowie sie Licht hatte. Die Bauernkommode mit den blinkenden Griffen, Ernsts großer Schreibtisch mit den vielen Büchern und Heften und Photographien, ganz behaglich und stolz dabei reckten sie sich in der Stube, das Ticktack der Wanduhr klang halb spottend: na – na – na! Sie schämte sich wirklich. Wenn Ernst zurückkäme! Kein Feuer im Ofen, kein Tisch gedeckt, kein Abendbrot – Schnell, schnell jetzt. Sie war wirklich albern gewesen. Warum sollte Ernst nicht einmal verstimmt sein? Den ganzen Tag nicht aus dem Hause gekommen, kein Brief heute, keine Zeitung. Er musste auch anfangen zu arbeiten, nicht immer nur Unsinn mit ihr machen und sich herumtreiben. Sie kannte wohl die Wichtigkeit, seine Doktorarbeit! Mit Ehrfurcht ging sie um die schon lange hergerichteten Bogen, fast hätte sie ihnen eine Verbeugung gemacht. Da kam gleich der Stolz. Was er alles wusste und hatte so ein dummes, kleines Mädel lieb! Sie! Ja, er hatte sie lieb. Das kam auf leisen Sohlen, begehrte Einlass und machte sie glücklich, übermütig. Beinahe hätte sie das Nannei umarmt, das mit einem Arm voll Tannenästen zum Feuermachen kam. Er mag mich doch! Das sang und klang und tanzte in ihr zur Zither, zum summenden Teewasser und dem Geknatter im Ofen. Sie freute sich ordentlich, dass es draußen noch stürmte und goss, um so behaglicher würde Ernst es bei ihr finden.

Der Tisch war schön in Ordnung, die Speisen lecker und appetitlich, sie stellte sich mit gerecktem Halse, um alles zu übersehen. Wenn etwas fehlte: »Leichtsinn!«, wenn etwas krumm oder verkehrt lag »Rustica«„ wenn es nicht gut zubereitet war »Kameel«. Und sie ging um den Tisch herum, sagte sich die drei Lieblingswörter vor, ganz so gewichtig, wie er sie aussprach und tippte sich dabei mit dem Finger auf die Stirn, gerade wie Ernst es machte. Besonders beim Kameel verweilte sie, weil das seine Spezialität war, dies innige Ruhen auf dem m »Kammmmeel«. Nein ganz so schön brachte sie es nicht fertig. Er musste es ihr heute noch sagen, wenn auch alles gut war, zur Belohnung. Wenn er nur käme! Der Tee wurde ja schlecht, dunkel und herb; es war schon spät, er konnte doch unmöglich in der Nacht noch herumlaufen. Sie wurde schon wieder unruhig. Sie hörte die jungen Nachbarburschen weggehen, die beiden Alten in die Kammer tappen, und nun nichts mehr als den Wind und Romano, der knurrend und zankend sein Strohlager zurechtkratzte.

Wo er nur blieb! Warum er sie so allein sitzen ließ, sie konnte gar nichts essen. Aber tapfer schluckte sie ihre Sorgen hinunter. Sie wollte lesen und gerade das, was er ihr heute gelesen. Vielleicht verstand sie's, wenn sie es recht oft und recht langsam las.

Einmal. – Elisabeth schüttelte den Kopf und las wieder, schüttelte ihn abermals, aber viel, viel langsamer, legte sich im Stuhl zurück, mit dem Finger fortwährend eine Locke an den Schläfen drehend, die Augen halb zugekniffen.

Plötzlich machte sie sie weit auf und wurde ganz rot im Gesichte, dann kamen Tränen. Hilflos legte sie den Kopf auf die Arme und weinte und weinte.

Da! hörte sie nicht Schritte durch den Wind? Im Erschrecken flog sie auf, er sollte sie nicht so finden. Sie rannte nach dem Schlafzimmer, da hörte sie ihn schon auf der Treppe, geschwind die Kleider herunter und unter die Decke. Das Herz pochte ihr wie als Kind, wenn sie Unrecht getan und auf Strafe wartete, – er war im Zimmer. Eine Weile blieb er stehen, dann ein paar Schritte, unschlüssig – Horchte er? Kam er zu ihr? Setzte er sich zum Essen? Sie hörte gar nichts mehr, weil ihr Herz so viel Lärm machte. Nun kroch sie vorsichtig an's Fußende ihres Bettes, da konnte sie den Tisch sehen, durch die halboffene Türe, wenn sie sich nur recht weit vorbog.

Richtig, da saß er. Mit dem Rücken gegen das Schlafzimmer und den Kopf in den beiden Händen. Sie musste an sich halten um nicht hinauszuspringen, ihm an den Hals, so allein saß er. –

Ernst konnte nichts essen, es hätte ihn gewürgt. Wie gut war er ihr wieder gewesen, wie hatte er sich nach ihr gesehnt!

Den ganzen Weg zurück hatte er ihre Augen vor sich gesehen, die scheuen Kinderaugen, in denen tief das Weib schlummerte, ihr langes, knisterndes Haar hatte er geküsst und ihre Lippen, die so zaghaft wieder küssten. Und nun? – Es war ihr Wohl nicht der Mühe wert gewesen, wegen ihm aufzubleiben? Die Geschichte von vorhin war ihr natürlich leid, weil sie sich gekränkt fühlte, – ein paar Tränlein und dann ins Bett gekrochen, es schlief sich so wohl darauf wie immer. Diese verdammte Oberflächlichkeit, was sie ihm schon für Schmerzen gemacht hatte. Konnte er denn je etwas Ernsthaftes mit ihr reden? Von seinen Sorgen? Sie würde sehr erstaunt sein und zuletzt lachen. Kindisch war sie, oberflächlich, sorglos. Da war er ja genau wieder auf demselben Punkte wie vorhin. Nicht der Streit hatte ihn fortgetrieben, der kleine Ärger. Nie wurde sie das, was er erwartet hatte. Keine Ernsthaftigkeit, kein großes warmes Mitempfinden, sie wurde kein Weib. – Und doch, und doch! Nur scheu und schamhaft vielleicht war sie. Warum lag in ihren heftigen, fast eckigen Kinderliebkosungen so viel Glut und Wärme, so viel zurückgedrängtes Sehnen? Und dabei doch dies Unreife, Naseweise, das ihn hart und grausam machte, dass er an all ihre warm umschließende, zaghafte Liebe denken musste, an ihre händeküssende Zärtlichkeit, um sie nicht zu hassen.

Vielleicht hatte er ihr ein Unrecht zugefügt, dass er sie von dort weggenommen, sie fand sich bei ihm nicht zurecht. Oder ein Unrecht gegen sich, weil sie ihn hemmte. Jetzt, wo er so viel mit sich zu tun hatte, hätte er eine Verstehende, Helfende gebraucht. Sie, die andere, bei der er den Glauben an sich gefunden, ihr hätte er seine Sorgen klagen können – aber dies Kind, die schlafende Sorglosigkeit! –

Bis zwölf saß er auf, ohne sich zu regen. Elisabeth kniete ebenso lange starr vor Kälte auf ihrem Bett. Erst als er aufstand, kroch sie zurück.

Ernst zog sich im Dunkel aus, Elisabeth hörte, wie er noch lange ruhig stand, ehe er sich niederlegte. Ihr Herz war voll Trauer und Angst. Was litt er? – Nur durch sie. In Demut vor ihm niederknien und bitten, dass er es sage. Aber sie hatte keinen Mut, da kam gleich dies Angstgefühl, dies Fürchten vor seiner Antwort. – Schlief er? Er rührte sich nicht. Endlich hörte sie ein Knistern. »Gut' Nacht, Schatz«, sagte sie ganz leise. Keine Antwort, er schlief wohl.

Ernst lag auf dem Rücken und horchte auf das Knarren der Bäume und das Ächzen des Hauses. Der Regen hatte aufgehört, und ein blasser Mond flog durch zerrissenes Gewölke. Er sah danach. Dies Jagen und Rennen und Hasten und Streiten bannte ihn.

Da schob sich etwas zwischen ihn und das kleine Viereck des unruhigen Nachthimmels. Sachte Schritte seinem Bette zu, tastend eine Hand auf der Decke die seine suchend. Elisabeth. Ihre kalte Wange legte, sich auf seine Finger, die gelösten Haare fielen darüber, sie kniete vor seinem Bette. Kein Wort. Sie schwiegen beide.

Da fing ihre Hand an sich fester um die seine zu schließen, ihr Kopf hob sich.

»Ich verstehe es jetzt, Ernst.«

Ganz anders, tiefer, tonloser klang ihre Stimme. Ernst fühlte wie seine Schläfen hämmerten, wie es ihn würgte, er wollte reden. –

Da übermannte sie ihr Leid. Sie sprang auf, umschlang ihn mit beiden Armen und unter Küssen stammelte sie: »Ich weiß, ich weiß du bist ein wirklicher Prinz und ich bin keine wirkliche Prinzessin und du hättest mich nicht heiraten sollen. Aber ich hab' dich halt so lieb, so arg, arg lieb, behalt' mich, behalt' mich bei dir!«

Wortlos zog er die vor Kälte und Aufregung Zitternde an sich, schlang die Decke um sie und konnte nichts sagen wie: »O du Kameel, ich hab' dich doch gern«, und vor Rührung schrie er es ganz laut.

*

Ein paar Wochen später.

Nannei stand in ihrem »Gartl«, hielt die Hand vor die Augen und schaute den Staren zu. Kaum sah man sie in der Pracht der Apfelblüten, die kleinen, schwarzen, glucksenden Vögel. Ringsum blühten die Obstbäume. Wie riesige Sträuße sahen sie von oben aus, blass-rot und weiß, die Landstraßen leuchteten weithin aus Saatfeldern und Wiesen heraus mit den Umsäumungen der Blütenbäume, die Dörfer ringsum waren untergetaucht, verschwunden unter der Fülle der blühenden Pracht. Weithin prahlten die Wiesen, strotzend grün mit bunten, gelben und roten und weißen Flecken.

»Aber Nannei, heut ist es schön!« rief Elisabeth, »schau nur, schau die Bienen!« und jauchzend lief sie den Heckenweg weiter im dichten Grase. Nannei zeigte Ernst den Staren, der die brütende Starin zärtlich fütterte. »Da geit's bald Junge, siehgst'n?«, meinte sie lachend und zwinkerte mit den Augen.

Elisabeth rannte noch immer an der Hecke hin, streichelte die Blätter, bückte sich zu den Blumen, schaute in die blühenden Baumkronen, breitete lachend die Arme aus und lief Ernst wieder entgegen: »O wie glücklich, wie glücklich ich bin!«

Das Nannei drohte mit dem Finger und deutete schmunzelnd nach dem »Starl«.

»Du bist ja, wie wenn du einen Rausch hättest Kleine, ich hab dich noch nie so gesehen.«

»Einen Frühlingsrausch wahrscheinlich. Als ob du wüsstest, wie gern ich das alles habe. Noch viel lieber wie früher, weil ich in der Stadt eingesperrt war.«

»Du hast drinnen aber nie etwas gesagt«.

»Wozu denn? Ich war einmal mit dir gegangen und –« sie hielt inne, weil Ernst immerfort den Kopf schüttelte.

»Was ist los? War das dumm?« –

»Nein, ich weiß nicht, du bist ganz anders, so fremd, deine Augen glänzen und man meint, du möchtest tanzen vor Vergnügen.«

»Weil alles so wunder-, wunderschön ist, spürst du's denn nicht da drin? Ich möchte ja singen und schwätzen und lachen immer, immer und springen und laufen, weil's gar so schön ist. Ich kann's ja nicht recht sagen, aber alles freut mich, und ich möchte die Bäume umarmen und die jungen Blätter küssen, die Blumen streicheln, dass sie da sind und die Sonne möchte ich auffangen und bei mir behalten, es tut beinahe weh – weißt du, fest an mich drücken alles, alles. – Ach Gott, es ist ja nicht so; wenn ich dir's erklären will, wird's ganz anders, weil es nicht lustig ist eigentlich, weil mir die Tränen dabei kommen manchmal und doch, ich glaube, es kommt auch davon, dass ich dich so gern hab'.«

Sie nahm seine Hand und schaute ihn an.

Er sah ja fast aus, wie wenn er zornig wäre! Die tiefen Längsfalten, die einen ganzen Wulst zwischen den Augenbrauen vorschoben –

Ernst war auch verdrießlich. Er wusste selbst nicht, warum. Beinah tat's ihm weh, dass sie so fröhlich war, so für sich fröhlich, ohne ihn, ohne dass er etwas dazu getan. Weil er ihr das Glück nicht gegeben, und auch, weil sie ihm fremd vorkam, das war unbehaglich, dass er ihre Freude nicht mitfühlen konnte. Aber er hätte doch froh sein sollen, sie so überglücklich zu sehen, er wollte es ja, gequält hatte er sie genug – ganz fest versprochen hatte er sich's: sie sollte glücklich werden, er hätte ja ein Untier sein müssen, wenn – Fest legte er den Arm um sie und sah sie bittend an. Wie ängstlich ihre Augen waren, »Nein Maus, nein!« sagte er zärtlich, da war sie schon wieder zufrieden.

Als sie oben bei der alten Kirche standen, packte auch ihn die Frühjahrstrunkenheit. Das ganze, weite Tal voll Licht und Blüte. Wie ein Taumel des sich Entfaltens, ein süßes Geheimnis des Werdens stieg es auf, ein Gottesdienst der Schönheit, des Genießens, ein Jubel ohne Ende –

»Siehst du's Ernst?«

»Was denn?«

»Das Haus drunten, unser Haus. Ganz allein, wie eine Einöde. Gelt, wir brauchen auch niemanden, wir wollen nichts wissen von den Leuten und du, du denkst auch nimmer daran.«

»Woran?«

»An sie; du hast so viel von ihr erzählt. Weißt du, die du so arg gern gehabt hast, und sie hat nichts gemerkt.«

»Nein Herz, ich habe ja dich.«

»Und wir bleiben beisammen immer, immer?«

Ernst drückte sie fest an sich.

Wie gern hatte er sie, wenn sie so ernst war. Da fing sie plötzlich zu lachen an.

»Jetzt kichert sie auf einmal wieder. Unbegreiflich! Leichtsinn!«

»Halt wegen dem.«

»Halt wegen was?«

»Wegen dem, was du nicht weißt.«

»Ah, eine Neuigkeit! das wird was sein!«

»Dann sag ich's eben nicht.«

»Lass es nur gehen.«

»Aber du sollst's wissen.«

»Ich bin gar nicht neugierig.«

»Geh, rat halt!«

»Ich bin zu faul.«

»Aber du musst es wissen.«

»Ich will gar nicht.«

»O du, jetzt sag' ich's g'rad!«

Sie fasste ihn beim Rockärmel und rieb sich immerfort ihre Nase an dem rauen Stoff, dunkelrot im Gesicht.

»Es ist – – weil – nun – im Herbst eben, es ist zu komisch – da kann ich nicht mit dir da herauf gehen, weil – nun so sag's doch weiter, weißt du's denn nicht? – weil – wir ein Kind kriegen.«

Und im Nu war sie über den Hügel hinunter und unter den grünen Hecken verschwunden.

»Du –! du! Kameel!« mit den Armen fuchtelnd und den Mund wie zum Pfeifen spitzend, lief ihr Ernst nach.

»Kammmeel!« rief sie ihm aus ihrem Versteck entgegen, und er zog sie an beiden Händen heraus. Da standen sie nun und schauten sich an und schnell wieder zu Boden, lächelten sich mit fremdem Lachen zu und wussten nicht, was beginnen.

»Aber Mädel, Mädel!«

»Ich habe doch nichts Dummes gesagt?«

»Nein, das Gescheitste, was du bis jetzt in deinem Leben gesagt hast«, und er küsste ihre Stirne, dann erst ihren Mund, aber zögernd, scheu, strich ihr über die Haare, die Finger zitterten ihm.

»Freut's dich?«

Da nahm er sie auf den Arm und trug sie über die Wiese in den Wald. Die Äste rissen an ihren Haaren, und die Blätter schlugen ihr ins Gesicht. Er merkte es nicht, und sie hielt ganz still ihren Kopf an den seinen gedrückt, bis sie in die Lichtung kamen, wo man das Haus drunten liegen sah. Kaum hatte er sie auf die Füße gestellt, da war sie fort, hinunter den Feldweg, zwischen den Hecken, heim. Er schloss die Augen und sah sie vor sich in ihrem hellen Kleide immerfort über den grünen Hang fliegen, hinunter – hinunter –, hinunter, immerfort im Sonnenschein, immerfort mit diesen glücklichen Augen, immerfort in der jungen Frühlingsherrlichkeit, wie wenn sich alles um sie dränge, sie schmeichele, liebkose, wegen ihr da sei – – –

Zu Hause fand er Briefe. Auf einen stürzte er sofort los, Elisabeth sah es gleich. Auch dass er rot wurde, rot bis unter die Haare und dass er wieder die Falten auf der Stirne zog, sie kannte sie schon –, wenn er ratlos war oder ärgerlich. Fragen mochte sie nicht, und er sagte kein Wort. Kramte nun so in den anderen Briefen herum, machte einen auf, las ihn zur Hälfte, legte ihn wieder hin und nahm einen anderen. Zuletzt ließ er alle liegen und ging hinaus, den ersten hatte er aber doch mitgenommen. Und der war von einer Frau. Sie hatte es an der Handschrift gesehen, ganz deutlich.

Wie wenn ihr plötzlich etwas genommen würde, war's ihr auf einmal und sie war so überglücklich heute gewesen.

»Frau von Tilgner wird nächstens hierher kommen.« Im Eintreten sagte es Ernst, kurz und mürrisch schien ihr. Elisabeth stellte erschreckt den Maiblumenstrauß weg, den sie ordnen wollte.

»Wie, die will kommen? und vorhin haben wir erst davon gesprochen – nein Ernst, mach keine schlechten Witze.«

»Doch sie kommt.«

»Sie soll weg bleiben, schreib ihr nur.«

»Unsinn! ich kann's ihr nicht wehren. Sie wohnt ja nicht bei uns.«

»Aber ich will nicht, ich weiß, wie das wird, ich mag sie nicht haben.«

»Sei doch vernünftig, wenn es nicht anders sein kann! Kann denn nicht jedermann hierher aufs Land?«

»Ja gewiss. Aber – hast du ihr denn geschrieben–?«

»Dass sie kommen soll? Ist mir nicht eingefallen.«

»Nein, ob du ihr überhaupt geschrieben hast, du hast nie etwas gesagt.«

»Muss ich denn das sagen? Geh, geh, das ist kindisch. Du weißt ganz genau, dass ich an alle möglichen Menschen schreibe, ohne dir's anzukündigen. Fällt dir gar nicht ein zu fragen, da, da auf einmal« er riss zornig an seinem Schnurrbart, »ist denn das etwas anderes wie Eifersucht? Jetzt weiß ich auch wie's wird!«

»Sie soll fortbleiben, ich will sie nicht hier haben! Weißt du nicht vorhin, Ernst? Bitte lass sie nicht hierher!«

»Aber das sind ja Dummheiten. Ich kann ihr doch nicht schreiben, dass sie wegbleiben soll, ich kann nicht, sei doch vernünftig!«

»Du wirst sehen Ernst, dann ist alles aus. Und nein, und nein, ich will sie nicht haben!«

»Das ist doch wirklich großartig. Ob es dir nun recht ist oder nicht, ich sage dir einfach, sie kommt und damit basta. Ich weiß sicher, es ist nur dumme, kindische Eifersucht, wegen früher. – Und wenn sie da ist, nimm dich zusammen, da verstehe ich keinen Spaß, ich will mich nicht mit dir schämen. Ja, schau mich nur an, sie ist Dame bis in die Fingerspitzen, die, ja die ist eine wirkliche Prinzessin. – Das bitt ich mir aus, geheult wird jetzt nicht, sonst will ich gar nichts mehr von dir wissen heute. Nein, nein, sage lieber nichts, ich habe genug, ich will nichts hören.«

Jetzt war es ihm recht, dass sie kam, gerade wegen ihr. Das war doch zu verrückt, einen solchen Radau deswegen zu machen. Im Anfang hatte es ihn ja selbst gewurmt, dass sie so hereinschneien wollte. Wie eine Indiskretion, eine hässliche Neugierde erschien es ihm. Nun war es doch gut wegen Elisabeth. Sie musste sich daran gewöhnen, dass er auch mit anderen verkehrte, er sollte wohl immer bei ihr hocken und keinen Menschen sonst haben. Und es war so notwendig für ihn jetzt, er musste sich aussprechen können, mit Elisabeth konnte er nicht reden, mit ihr schon. Wochenlang saß er hier außen, hatte keinen Strich an seiner Arbeit getan und jeden Tag wurde der Ekel daran größer. Elisabeth fiel es gar nicht ein darnach zu fragen, bei ihr – das erste Wort, das wusste er. Und darum, auch darum war es gut, dass sie kam. Aber dennoch blieb es eine dumme Geschichte. Sie würde sein Glück mit Elisabeth nie verstehen, ihm vielleicht daran verderben.

Den ganzen Tag war er mürrisch, schlürfte und knurrte im Hause herum. Immer musste er Elisabeth beobachten, mit den Augen der anderen anschauen, und da fand er so manches was sie belächeln, vielleicht bespötteln würde. Er ärgerte sich über sie, über sich, über Elisabeth. Wie blöd sie herumging, so stier nachdenklich. Zu lächerlich, solche Aufregung wegen einer Bagatelle. Dabei tat sie ihm wieder leid, und als sie abends still auf dem Divan saß, ging er zu ihr hin, fasste sie am Handgelenk, sie ein wenig schüttelnd, weil er noch immer ärgerlich war: »Warum sagst du denn gar nichts? Bist du etwa gekränkt?

»Ich wollte nur still sein, weil du zornig warst und aufgeregt.«

»O du Dummes! Aber du siehst bleich aus, bist du denn wohl?«

»O ja.«

»Auch nicht traurig?«

»Ein ganz klein, klein wenig, du hast mich doch noch lieb?«

»Du dumme Maus, ja!«

»Gewiss?«

»Gewiss du Kind.«

»Schatz war ein bissel bös mit mir heut!«

»Ja das war ich. Du musst mir verzeihen, ich war so wütend über deinen Eigensinn, das reizte mich. Schau, mir war's gar nicht recht im Anfang, ich habe ihr nur einmal geschrieben, und nun kommt sie gleich! Und dann siehst du, ich kann nicht arbeiten, bin so abgespannt, das drückt mich, und sonst noch vieles, ich muss mit ihr darüber reden, darum ist es doch gut.«

Nach einer Pause legte ihm Elisabeth die Hand auf die Schulter.

»Kannst du mir nichts sagen?«

Ernst hörte nicht darauf. »Du wirst ihr auch nicht gefallen.«

»Ist das ein Unglück?«

»Ich will's aber haben.«

»Ich will mir alle Mühe geben.«

»Und dann die Eifersucht.«

»Ich bin nicht eifersüchtig. Gewiss nicht. Es ist doch so einfach. Ich bin ja deine Frau, aber – wenn du sie lieber hättest – so, das war's, warum ich mich sorgte.«

»Geh, geh, die Tragik!« Ernst lachte gezwungen. »Gott, Maus, das ist alles so dumm, wir haben uns doch lieb. Ich weiß ja, ich bin ekelhaft und könnte manchmal den ganzen Tag an dir herumnörgeln, ich verstehe gar nicht, was es ist, besonders heute, wenn ich an sie denke. Ich möchte dich anders haben, es ist ja hässlich von mir, dich so zu plagen, besonders jetzt, heute, wo ich doch weiß – ich muss krank sein.«

»Ja Schatz, das hat mir weh getan, dass du es ganz vergessen hast, – das, weißt du – – was ich dir gesagt hab? –«

»Nein, nein, mein Herz, ich habe es nicht vergessen.«

Er nahm ihre Hand und küsste sie, langsam, scheu. Langsam drückte er den Kopf an ihre Brust, langsam sank er ihm auf ihren Schoß. Und es quoll auf in ihm, heiß und mächtig die große Scheu vor diesem ewigen Wunder, das Beben vor dem Unbegriffenen, das sich Beugen vor dem geheimnisvollen >Es werde<.

*

»Du, ich bin so arg neugierig.«

Auf dem Weg zur Bahn war es, sie wollten Frau v. Tilgner abholen.

»Was es wohl werden wird. Ein Prinz oder eine Prinzessin? So wie im Märchen, gelt? Ein wirklicher Prinz oder eine wirkliche Prinzessin, oder so wie du oder wie ich, keine wirkliche« – – sie schielte nach ihm, es hatte ihn schon geärgert, aber sie konnte es nicht lassen. – »Ich zähle es manchmal an den Knöpfen ab, oder an den Schritten, bis da oder dahin, grad oder ungrad. Ich freu' mich so! Wenn es nur ein Prinz wäre, wie du, ein wirklicher.« –

»Schäm dich lieber so kindisch zu sein. Du ahnst gar nicht, was mit dir vorgeht. Immer und immer und immer derselbe Leichtsinn. Eine Sünde ist es beinahe, dass so ein Geschöpf, ein solches Kind Mutter werden soll.«

»Ernst ich kehre lieber um, du warst vorhin schon so aufgeregt.«

»Nein, geh nur mit.«

Vorhin hatten sie schon gestritten. Nichts war ihm recht. Nicht recht frisiert, nicht recht angezogen, zu geputzt, zu absichtlich schön, dann ging sie nicht recht, und dies und jenes, er trippelte fortwährend vor Ungeduld.

»Heit hot's 'n awer wieder!« meinte das Nannei im Vorbeigehen halblaut zu Elisabeth. Aber Ernst hatte es doch gehört, und nun brach das Schimpfen los über die Bauernwirtschaft, das Hocken auf dem Land. Was für eine Dummheit, für so lang einzumieten, immer mit denselben idiotischen Bauerngesichtern zusammen sein, das schlechte Bier trinken müssen. Und die Kühe brüllten zu laut, und der Herd rauchte zu oft, und das Nannei und der Ani kümmerten sich viel zu viel um sie; alles, alles war nicht recht, selbst Romano, der freudebellend nachsprang, bekam einen regelrechten Fußtritt. Und wie hatte ihn Elisabeth geärgert! Durchaus wollte sie nicht mit zur Bahn. »Was tu ich dabei? Du hast ja selbst schon gesagt, dass sie sich nichts aus mir machen wird!«

Ja das tat sie auch und er meinte selbst, Elisabeth wäre besser zu Hause geblieben. Sie war ja lieb mit ihr, aber da war so viel Protegierendes bei der Begrüßung, so viel Hinabneigung zu ihr: »Oh, sie ist ja sehr hübsch!« sagte sie ganz laut zu Ernst, »eine allerliebste kleine Frau«, aber zu ihr selbst nicht viel weiter. Elisabeth musste stumm neben den Beiden hergehen. Die hatten sich so viel zu sagen von früher, von gemeinsamen Freunden, von allerlei gelehrten Sachen, die sie nicht verstand. – Ernst hatte ganz vergessen, dass sie auch da war. Nicht weil sie ihn geärgert hatte, er dachte wirklich nimmer daran. Nimmer, wie sie aussah, nimmer, wie sie sich benahm, nimmer, dass er gewollt, sie solle schön aussehen, glücklich. Der Kopf wirbelte ihm. Das brauchte er, Anregung, geistigen Verkehr, Verständnis. Er hatte ja in einer Öde bis jetzt gelebt, und nun war plötzlich ein Tumult in ihm, aus allen Ecken flatterte es auf, in allen Winkeln streckte es sich. – Er hatte geschlafen, und sie rüttelte ihn auf. Nicht absichtlich, das brachte sie so mit, das war ihre Atmosphäre. Nun würde er Mut haben, Vertrauen, ihr konnte er alles sagen, wie war er froh, dass sie da war!

»Nun natürlich bist du eifersüchtig, Kleine! Die ist eine Dame, Herrgott! Du dürftest froh sein – nur den zehnten Teil – sperr deine Augen auf Rustica, lerne, lerne!«

»Ich will nichts von der lernen, ich kann auch nicht. Wenn du mich gern haben willst, musst du mich gern haben, wie ich bin. Ich werde nicht anders, wenigstens nicht wie die, ich bin eben keine wirkliche Prinzessin.«

»Blech, Blech, komm doch nicht mit dem alten, albernen Spruch! Und immer die, die! Habe die Güte und drücke dich anständig aus, ich will es.«

Elisabeth schwieg. Jetzt war wieder gar nichts recht, seit er zu Hause war. Und sie machte auch alles verkehrt, weil er immer da saß und zuschaute. Auf einmal sollte sie alles anders machen, sollte ganz anders werden. Sie hatte gar keinen Willen, es ihm zu Gefallen zu tun, wenn ihr immer die Prinzessin als Muster aufgestellt wurde. Sie konnte sie nicht leiden, wenn sie auch lieb war mit ihr, das sah sie an ihren Augen.

»Aber ihre Augen sind doch nicht schön?«, sagte sie plötzlich und in einem Ton, wie wenn Ernst schon widersprochen hätte, »so hart und grau, und lauern tun sie auch.«

Ernst sah sie an, zog die Augenbrauen hoch in die Höhe, lachte und sagte gar nichts. Am nächsten Morgen saß Elisabeth vor dem Hause und sah den Beiden nach.

Sie wäre auch gern mitgegangen. »Wir wollen sehr weit gehen, und das ist nichts für dich.« Flüchtig hatte ihr Ernst Adieu gesagt, voll Hast Frau v. Tilgner nachzukommen.

Da gingen sie nun in der Sonne, am Bach hin, schräg über die Wiese gegen den Wald. Immer kleiner wurden sie. Der rote Sonnenschirm leuchtete wie ein winziger, neckender Fleck aus all dem Grün, tanzte vor dem Berg hin und her, tauchte auf, tauchte wieder – immer kleiner – war unter den Bäumen verschwunden. –

»Nun sagen Sie mir, wie sind Sie eigentlich zu der kleinen Frau gekommen?« Frau v. Tilgner fragte das plötzlich, mitten aus einem anderen Gespräch heraus.

»Wie? – Ja sie gefiel mir eben.«

»Das kann ich mir wohl denken, aber wo und wann, das ging ja so schnell, ich war ganz baff.«

»Wo? Ich lernte sie bei ihren Verwandten auf dem Lande kennen, wann? – ja, nachdem ich, nein, nachdem Sie abgereist waren.«

»Ah – so!«, Frau v. Tilgner lächelte. Ein ganz eigentümliches Lächeln, das in den Mundwinkeln stecken blieb und gar nicht bis an die Augen kam.

»Natürlich haben Sie jetzt riesig gearbeitet. Nein? Gar nichts! Wie ist das möglich! Wie kann das sein! Sie müssen doch weiter kommen! Wenn ich nicht wüsste was in Ihnen steckt! – Gerade das schätzte ich so an Ihnen, Ihre Energie, Ihre Tatkraft, und nun?« –

Ja, nun wollte er nimmer. Er konnte nicht arbeiten, er sah es ein, er taugte nicht zum Gelehrten, er musste heraus. Aber da war die kleine Frau – er hatte sie doch nicht geheiratet, um sie vielleicht darben zu lassen – eine Zeit lang ging es ja noch gut. – – »Sie weiß natürlich darum?«

»Keine Idee! Was soll ich sie damit plagen, ihr Sorgen machen.« –

»Ja, wenn Sie das nicht mit Ihrer Frau besprechen können – – –«

Beim Abschiednehmen fasste sie seine Hand fest und hielt sie. Sah ihn lang an.

»Ich möchte Ihnen gern etwas sagen. Ich hoffe, dass Sie mich nicht missverstehen. Es mag kalt klingen, grausam, unmöglich, vielleicht hassen Sie mich auch deswegen, es macht mich furchtbar traurig, aber ich muss es Ihnen sagen. Ich sehe so klar, Sie hätten nicht heiraten sollen, nicht die Frau heiraten. Sie hängt wie ein Gewicht an Ihnen, hemmt Sie. Derartige Ehen taugen nichts. Sie sind verändert, zerfahren, und ich glaube nicht, dass Sie noch stark genug sind mit ihr – es gibt nur eines – – – ob Sie den Mut haben? – Aber um Gotteswillen, kommen Sie nur jetzt nicht auf die absurde Idee, dass ich hetzen will!«

Und danach stelzte sie mit gleichmäßigen, bewussten Schritten davon, ohne Erregung, während er sie hätte würgen können vor Wut. So, so, das war ihr Verstehen, so half sie ihm? Und hetzen wollte sie auch nicht? Was denn sonst? – Aber nein! nein! warum sollte sie das tun?

Je mehr er darüber nachdachte, je näher er dem Hause kam – hatte er denn nicht oft schon Ähnliches gefühlt, und aus Feigheit unterdrückt? Allerdings nur ganz leis, nicht so schroff, kantig herausgehauen. Konnte er mit Elisabeth etwas Ernsthaftes reden? Hatte sie nur einen Schein von Interesse für seine Arbeiten gezeigt, sich um seine, um ihre Zukunft gekümmert? Jawohl Maul auf! und die Gebratenen flogen hinein. Woher sie kamen, und ob es immer so fortging, scherte sie wenig. Aber er hatte es auch nicht verlangt von ihr, nur glücklich sollte sie ihn machen. Glücklich! bornierter Idealist, der er war! – Dann sah er sie wieder droben auf dem Berg im goldgrünen, lenzjungen Buchenwald, trug sie fest an sich gepresst, und es war ihm als müsse er ihr eine Schmach abbitten. Sentimentalität! so würde Frau v. Tilgner sagen, ganz genau hörte er den scharfen Ton ihrer Stimme. Ja sie bog keinen kleinen Finger, ehe sie sich nicht von ihrem Kopf die Erlaubnis dazu geholt. – Verfluchter Wirrwarr! er war auch gegen sie ungerecht. Es war doch nur Teilnahme, sie kannte Elisabeth nicht, oder es war wirklich ihre Überzeugung – von nichts mehr wissen, Ruhe haben, eine halbe Ewigkeit schlafen und beim Erwachen ein anderer Kerl sein, frei, ganz frei, es war mit keiner etwas. –

»Gehst du heute wieder mit Frau v. Tilgner fort?«

»Wir haben nichts bestimmt. Ich bleibe bei dir.«

»Gehen wir dann zusammen fort?«

»Meinetwegen.«

Wie unlustig und finster er war; mochte nichts reden, nichts essen. Stocherte nur so in den Speisen herum:

»Hast du dich etwa gestern mit ihr gezankt?«

»Schwätz' doch nicht so, mit ihr zankt man sich nicht herum wie mit dir.«

Aber doch war er verstimmt heimgekommen, wortkarg und zornig. Warf sich die halbe Nacht herum, sie hatte es wohl gehört. Nicht ein einziges Mal schalt er sie, und sie machte viel nicht recht, sogar absichtlich; gar nicht geachtet hatte er darauf. Immer so mit dem Kopf in den Händen und den Fingern in den Haaren wie jetzt. Nicht einmal das hörte er, dass Ani an die Türe klopfte mit drei Knöcheln zugleich, was bei ihm der Ausdruck großer Höflichkeit war. Nur wenn der »Herr« da war, tat er es.

»Unti kemma sollst, Herr Dokder, die Herrisch' is drunt' –« er nahm die Pfeife vor Erstaunen aus dem Munde, weil Ernst ganz plötzlich in die Höhe fuhr.

»Wo ist mein anderer Rock, mein Hut, schnell, schnell! Ich kann sie doch nicht warten lassen – –«

»Sie könnte ja heraufkommen –«

»Ach was, Papperlapapp, wenn sie nicht mag!«

»Und ich?«

»Und du? ich weiß nicht; geh' spazieren, tu' was du willst, ich habe jetzt keine Zeit.«

Ernst war mit ein paar Sätzen über die Treppe, Frau v. Tilgner grüßte und winkte zu ihr herauf, er sah sich nicht um.

»Sakrisch, is d'r z'sammg'richt und a sauwers, schneidig's Weiwets is«, meinte Ani und kratzte sich mit dem Pfeifenstiel in seinen grauen Borsten. Elisabeth nickte. Das fand Ernst wahrscheinlich auch.

»Tu' was du willst, ich habe jetzt keine Zeit!« Wie oft sagte sie sich das vor die nächste Zeit! Sie war fast immer allein. Wenn Ernst zu Hause blieb war er unruhig, empfindlich, gereizt. Hinter allem was sie sagte, suchte er etwas, fand überall Anspielungen heraus, dass sie ganz unsicher wurde. Sie frug ihn gar nimmer nach ihr, traute sich kaum ihren Namen auszusprechen. Aber einmal, als er wieder zu Hause geblieben und Frau v. Tilgner abermals gekommen war ihn abzuholen, da riss ihr doch die Geduld. Bebend vor Zorn sagte sie: »Und du willst noch behaupten, dass die nicht gewusst hat, dass du sie geliebt hast? – Die weiß auch genau, warum sie hierher kam! – Geh', nur geh' mit deiner Prinzessin.«

Da schaute er sie an mit seinen großen Augen, die ganz hart und dunkel wurden vor Zorn, und war fort. Ohne ein Wort, ohne Adieu, das erste Mal. Und nun war sie allein, immer allein. Ganz still war es um sie, sie horchte immer wie ihre Sehnsucht rief, sie langte immer nach ihm und konnte ihn nicht erreichen. Er war so fremd, verschlossen, kalt, und da kam ihr die Furcht. Wenn er sie einmal umfasste, küssen wollte, sie anschaute, wie ein Geständnis war's, ein Flehen, – sie bangte davor, Gott, o Gott, sie konnte nicht, nein, nein! sie hatte doch das Kind, sie wollte nichts hören, drängte ihn von sich. Das Kind, das war das einzige, was sie hielt. Mit zitterndem Sehnen dachte sie daran, wünschte es herbei, wie ein lebendiges Wesen war es ihr, das ihren Kummer verstand, mitfühlte, das ihr, ganz allein ihr, gehörte, das ihr niemand streitig machte, auch er nicht. Ein Wesen, dem sie alles gab, alles sein musste.

Wie war sie anders geworden! Ernst hatte Szenen erwartet, Vorwürfe, kindische Quälereien, Zornausbrüche, aber nicht dies stille Zuschauen. Im Anfang war sie wohl trotzig und wollte auch mit ihm auf dem neuen Weg laufen, hängte sich an ihn, dann kam dies Nachschauen, Zaudern – und nun schien sie einen Weg für sich gefunden zu haben, einen stillen, sicheren Weg, ein eigenes Leben, ein Leben in der Zukunft, ein Leben mit dem Kinde, ein Leben, das mit ihm nichts zu tun hatte, das ihn zur Seite schob. Er fand sie oft wie im Halbschlaf, ruhend, lächelnd, leise flüsternd, allein und wie erwacht erst, wenn er zu ihr sprach. Und der unruhige Wunsch wachte auf in ihm, sie wieder so zu sehen wie früher, nicht ernst und wehmütig, ihm so fern. Er hatte sie ja wieder lieb, er sehnte sich nach ihr, nur aus trotzigem Eigensinn lief er noch jeden Tag mit Frau v. Tilgner. Das war auch wieder ein Idealismus gewesen, was er von ihr erwartete. Im Anfang ja, das tat wohl sich Alles vom Herzen reden zu können, das tat gut, diese Vernunft, dieses verständige Sichhineinleben. Aber die Teilnahme hielt nicht lange. Sie wurde müde, sie wollte ihn ungeduldig anders haben, er langweilte sie, weil er nicht der war, den sie sich vorgestellt, weil er nicht tat, was sie wollte. Und sie hatte etwas gewollt von ihm von Anfang an, und wenn es nur der Reiz war, sein Schicksal zu dirigieren, wenn es sie nur prickelte mit seiner Zukunft zu spielen.

Ihm passte auf die Dauer die geistige Seiltänzerei nicht, die sie liebte, dies ewige Stehen auf einem Bein vor lauter Geistreichsein, dies Witzigseinmüssen und gelehrt um jeden Preis, da war er zu ungelenk dazu, es blendete ihn auch nimmer, hier allein mit ihr. In ihrem Salon ja, aber bei den Bauern? Und noch eins. Am letzten Tag kam es heraus. Sie hatte ganz unerwartet von ihrer Abreise zu sprechen angefangen. Sie wollte am nächsten Tage fort. Es war spät am Abend und stürmisches, regnerisches Wetter geworden, als er sie nach Hause brachte. Unter der Türe blieb sie stehen, still eine Zeitlang, dann fragte sie zögernd, und er glaubte ihre Blicke zu fühlen: »Wollen Sie mir, weil ich morgen abreise, nicht doch noch ganz offen sagen, warum Sie Ihre Frau geheiratet haben?«

Sie hatte nie mehr von Elisabeth gesprochen, ihren Namen nicht genannt.

»Ich habe gar keinen anderen Grund als den, den ich Ihnen schon gesagt, weil sie mir gefiel.«

Er stand noch eine Weile neben ihr, dann streckte er ihr die Hand entgegen. Sie nahm sie flüchtig, und ihr Lebewohl klang kühl. Ernst ging traurig weg. Es tat ihm weh, dass es so schal zu Ende gegangen war; er hatte einen dumpfen Widerwillen gegen die Frau, die er nun kannte, sehnte sich nach der, die er früher geliebt – alles um ihn war öde, dunkel, schwer, wie die Nacht ringsum. Und jetzt sollte er zu Elisabeth und ihr sagen, ich kann mein Versprechen nicht halten, dir nicht das Leben bieten, von dem ich dir gesagt, hast du den Mut, mit mir ins Ungewisse zu gehen? – Jetzt? Und plötzlich kam eine Angst in ihn. Wenn ihr etwas passiert war? Wie wenn sie nicht mehr da wäre, wenn er heim kam, weil er so lang, lang von ihr fortgeblieben. Eine schmerzende Unruhe trieb ihn, wie die Ahnung von etwas Schwerem, Fürchterlichem lag's auf ihm, wie wenn er ein Unglück mit sich zu tragen hätte, unter einer Schuld keuchen müsse. – Voll Schweiß und zitternd vor Erregung kam er vor dem Hause an. Still alles und dunkel, nur aus dem Schlafzimmer ein müdes, stummes Licht. »Wie ein Totenlicht«, durchfuhr es ihn. So weiß und still lag sie auch in den Kissen, wie eine Tote, das kleine, zage Licht mit dem bläulichen Schein ihr zu Häupten. Die ganze Nacht träumte er davon, sah sie im Totenkleide, hielt sie mit grauenhafter Angst umklammert, weil sie kamen und sie fortnehmen wollten. Dann sah er sie in der Erde liegen, sah Schaufel nach Schaufel auf ihren Leib werfen, und sie war lebendig. Immer höher stieg die Erde, bis an ihr Herz, ihren Mund, ihre Augen, und er war gebunden und musste hören, wie sie um Hilfe bettelte. – So ging es fort die ganze Nacht. Als er am Morgen erwachte, war niemand im Zimmer, er rief, niemand hörte, da ging es von neuem an. Ein paar Mal war ihm, als höre er Elisabeths

Stimme, aber ganz leis, kaum bewusst, nebelhaft verklang der Ton, dann flüsterte man, es war ein vorsichtiges Tappen um ihn, hohl wie aus weiter Ferne. Zuletzt wurde es totenstill, dunkel und erstorben, in einer endlosen, hallenden Weite lag er und fühlte, wie sein Leben verrann. Langsam sickerte das Blut aus seinem Körper und er sank und sank und sank. Aber da hielt ihn jemand. Er öffnete die Augen – Elisabeth. Sie hatte den Arm unter sein Kissen gelegt, er sah ihr weißes Gesicht dicht vor sich, – da war er schon wieder eingeschlafen. Nach ein paar Stunden ward er abermals wach und sah sie deutlich neben sich, den Kopf geneigt und die Augen voll Tränen. Er wollte reden, aber sie winkte ihm, dass er still sei. Sie streichelte ihn, fuhr ihm über das Haar; weich und sanft waren ihre Finger, sie neigte sich über ihn und ihm wars, als müsse nun Ruhe für ihn kommen, Genesung und Stärke. Da fielen Tränen in sein Gesicht, immer mehr, Schluchzen packte sie, sie legte ihre nasse Wange an die seine und stockend stieß sie heraus: »Ernst muss es denn sein? Hast du sie lieber? Ich kann nicht – bleib bei mir – das Kind –« mehr verstand er nicht, gurgelnd war es in Stöhnen übergegangen.

Und er versuchte den Kopf zu heben und sie anzuschauen. Es ging nicht, und er musste es gerade in die Luft hinaussagen, stockend und schwerfällig: »O du – Kameel – ich – hab' doch dich – lieb«, schrie Elisabeth mit zuckenden Lippen. Sie wollte auf und ihn an sich drücken, doch besann sie sich noch. Sanft nur legte sie die Lippen auf die seinen, den Kopf an seine Brust, küsste seine Finger, und es war wie Jubel in ihren Küssen und Leuchten in ihren Augen. Leise Worte sagte sie ihm, törichtes, unzusammenhängendes Zeug, stammelnde Sehnsucht, lallendes Glück. – Ihre Wange lag neben der seinen auf dem Kissen, Immer zögernder kamen die Worte, lösten sich immer langsamer los, zuletzt ruhte sie neben ihm, still, das Glück und die Genesung nicht zu scheuchen und auch ihre Lider schlossen sich und sie blieb regungslos neben

Ernst liegen, während er einschlummerte. Nun kamen für ihn die Tage der Genesung. Ein stilles, müdes, glückliches Ruhen mit der matten Schwäche im Körper, lauschend auf das tappende Nahen der Gesundheit, auf das leise Schwellen und Wachsen der Kräfte. Wie eine Pflanze. Erschauernd fühlte er die Sorgfalt und Liebe und Hingebung über sich rieseln, trank lächelnd die Sonne, die Wärme.

Und die Sonne, die Wärme war für ihn Elisabeth. Er sah nur sie, fühlte nur sie und durch sie das Leben um ihn, das Leben in dem kleinen Hause, das Leben draußen. Von ihr kam ihm Freude, Genesungsmut, Stärke, aus ihren Händen, ihrem frischen Munde, ihren geflüsterten Worten.

An einem warmen Juniabend saß er zum ersten Mal wieder aufrecht in den Kissen und sah hinaus auf die reifenden Felder, die Wiesen, strotzend im satten Saftgrün. Elisabeth hatte alle Fenster geöffnet, und der süßherbe Kraftgeruch des allerersten Heues kam schwer und würzig in breiten Schwaden herein.

»Ani und Nannei haben es heute gemäht. Die erste Wiese. Jetzt wenden sie's. Siehst du dort, ganz in der Ecke unter dem Berg, dem Riesenkopf, siehst du sie? Ani mit den weißen Hemdärmeln und Nannei mit dem gelben Tüchel und Romano, schau, er ist auch dabei. Kannst du das sehen, tut's dir nicht weh? Die Augen? Gelt, wie blau, wie veilchenblau der Riesenkopf heute aussieht, und wie schön das Getreide davor und die vielen, vielen Mohnblumen, wie die leuchten, das freut dich doch, Ernst?«

»Und dich, Lieb! Was wirst du machen, arme Haut, wenn wir im Winter in der Stadt sind! Du wirst viel, viel Heimweh haben!«

»Ich? Aber Ernst! Ich hab' doch das Kind! Ich kann ja gar nicht warten, bis es Winter ist und wir drinnen sind, mitten im Schnee und es ist heimlich warm bei uns, und es ist da, ist bei uns. Gar nicht ausdenken kann ich's. Denk' nur! Das ist du und ich und nicht du und ich und doch wir Zwei, ein Stück von mir und von dir und doch etwas für sich. Und ich hab's, ich darf ihm alles geben, in mir ist es, Ernst, in mir! Gar nicht begreifen kann man das, nicht? Ich könnte oft weinen, weil ich es gar nicht glauben kann – Du bist arm gegen mich, du dauerst mich oft.«

»O, mein Weib, liebe, liebe kleine Frau! Aber dann hast du mich nimmer so lieb!«

»O schon, schon! Ich hab' nur so viel an das Kind zu denken, ich freu' mich, o wie freu' ich mich! Was hast du Ernst, bist du traurig?«

»Nur ein wenig. Ich hab' dir viel, arg viel zu sagen und ich fürchte – es quält mich aber, ich werde nicht ganz gesund bis es herunter ist vom Herzen. Lieb, ich kann meinen Doktor nicht machen, ich kann nicht. Ich tauge nicht zu einem verknöcherten Gelehrten.«

»Ist das alles? Das habe ich schon lange gemerkt. Du hast ja nicht arbeiten können.«

»Ja, aber – du weißt nicht, was das heißt –«

»Doch. Dass wir mit dem Wenigen auskommen müssen, das wir haben.«

»Ja, – und jetzt wo das Kind kommt – nein –«

»Sei doch still! Ich fürchte mich nicht. Es wird schon was aus dir – ist ja gleich was –«

»Weißt du das?«

»Jawohl weiß ich's. Verhungern tun wir nicht, ich bin auch noch da, wenn es fehlt, glaubst du, dass ich dich deswegen weniger lieb habe?«

»Ja, siehst du, Maus, ich bin eben kein wirklicher Prinz.«

»Und ich keine wirkliche Prinzessin!«, jubelte Elisabeth, »dann passen wir erst recht zusammen jetzt, ich bin so froh, so froh Ernst –«

»Nein, Herz, du bist eine wirkliche Prinzessin, nur nicht die aus dem Märchen, eine ganze andere, meine Prinzessin. Wie heißt es im Märchen?«

»Da nahm der Prinz sie zur Frau, denn nun wusste er, dass er eine wirkliche Prinzessin besitze… Siehe, das ist eine wahre Geschichte.«

»Einen Kuss, meine Prinzessin, noch einen – und noch einen – ich fürchte mich nun nimmer!«

Anna Croissant-Rust

Pimpernellche

Pimpernellche war nur ihr Schmeichelname, der Vater hatte
sie so getauft und niemand nannte sie mehr anders; eigentlich
hieß sie Nelly, Nelly Heß und war ein kleines, altgescheites,
naseweises, phantastisches und dabei doch überaus schüch-
ternes Persönchen, für das der Name nicht schlecht passte. Er
kam nicht etwa daher, dass sich Nelly viel im Garten herumge-
trieben hätte, wo das wohlschmeckende Kräutlein Pimpinell
neben den anderen Salatkräutern gedieh, dem feinblättrigen
Estragon und dem rauen Borasch, er gefiel eben dem Vater
und war gar nicht verwunderlich, wenn man das Kind kannte. Es war etwas Erfahrenes, Überlegtes in seinem Wesen, das
sich sehr gut durch das »Pimper« ausdrückte, und wieder etwas Weiches, Ratloses, dem das »Nellche« entsprach. Stirn
und Nase sahen ganz resolut aus, letztere ein keckes Stumpf-
näschen, aber Kinn und Mund zerflossen hilflos. Ganz gewiss
keine Schönheit, das kleine Pimpernellche, und doch unter
den Vieren Vaters Liebling, die Älteste, die Vernünftigste, und
in seinen Augen auch die Liebenswerteste.

Nein, vom Garten kam der Schmeichelname nicht, den sah
Pimpernellche selten genug; sie hatte sich schon früh gewöhnen müssen, der Mutter die meisten Pflichten abzunehmen.
Diese saß die meiste Zeit im Lehnstuhl, durch eine Krankheit
am Gehen verhindert, die ihr selbst als kein großes Kreuz erschien, weil sie ihr erlaubte, still zu sitzen, die Arme bequem
auf die Lehnen zu legen und zuzuschauen, wie andere arbeite-

ten. Und es bekam ihr sichtlich, so zu leben, ihr Teint und ihre Hände, die sie sehr liebte, blieben blütenweiß, und ihr Körper wurde schön rundlich, was immer die Sehnsucht ihrer mageren Mädchenjahre gewesen war.

Krieg Pimpernellche dem Vater gegenüber die Liebenswürdige, Verständige, so war sie den zwei Brüdern, den »Buwe« gegenüber immer hartnäckig und widerhaarig, und stets tobte zwischen den dreien der wildeste Kampf, von Seiten des männlichen Teiles mit Knüffen und Püffen, von Seiten des weiblichen mit spitzen Redensarten, weisen Sprüchen und gelegentlicher Heulerei geführt. Trat der ernste Vater ins Haus, so verstummte alles, nur vor der Mutter gab's oft hässliche Zänkereien, für die immer Pimpernellche verantwortlich gemacht wurde, denn Mutter und Brüder lehnten sich gegen die Rechte auf, die ihr vom Vater eingeräumt wurden, und bildeten eine wortlose, aber sehr merkbare Verschwörung unter sich.

Immer sollte Pimpernellche nachgeben, immer hörte sie dasselbe von der Mutter: »Du bist die älteste, gib du nur nach.« Das Nachgeben war gerade nicht ihre Sache, es stimmte schon eher zu ihren Pflichten, dass sie den »Buwe« weise Reden hielt und als leuchtendes Beispiel eines einwandfreien Lebenswandels sichtbar und merkbar vor ihren Augen umherging. In der Schule war sie stets unter den ersten, was man den »Buwe« niemals nachsagen konnte, und hatte sie im Zimmer bei der immer schläfrigen Mutter zu bleiben, um lange Strümpfe und kurze Socken zu stricken, so tat sie's ohne Murren, obwohl sie auch mit den andern gern getollt hätte. Nun dafür sorgte die Mutter schon, dass ihr das Tollen verging, sie hielt sie mit Launen und Wünschen und Befehlen so in Atem, dass Pimpernellche froh war, wenn sie nur einmal Ruhe gab. Freilich, während das Mädchen in der Schule war, schlief sie, was ihre liebste Beschäftigung war, kam die Kleine aber heim, so ging der Tanz los. Und dabei durfte sie nicht allen Wünschen nachgeben, der Vater erlaubte es nicht, denn die Mutter wünschte unvernünftig und kehrte sich gar nicht daran, dass sie schlecht standen, so oft's ihr auch der Vater sagte. Mehr wie einmal hatte es Pimpernellche erlebt, dass sie sich einfach die Ohren zuhielt und zu schreien anfing: »Du hoscht mich geheirat't, unn mir versproche, mich uff de Händ zu trage, des muscht du halte. Ich will nix Wüschtes höre, ich kann's nit, geh fort, geh nor fort!«

Alles in ihrem unverfälschten Pfälzer Dialekt, der den Vater zur Verzweiflung bringen konnte. Dass er nicht gern in den »Gemächern« der Mutter war, auch zu Haus nicht gerade mit freudestrahlendem Gesicht herumging, fand Pimpernellche selbstverständlich. Sie war die einzige, die bei ihm sein durfte, wenn er abends in seinem Zimmer arbeitete, und wenn er oft dasaß, den Kopf in den Händen bergend, und ins Leere stierend, nahm ihr kleines sommersprossiges Gesicht den Ausdruck sorgender Wichtigkeit und ängstlicher Ratlosigkeit an. Sahen's denn die andern nicht, dass er sich kümmerte?

Sie sah's doch! Über ihre Märchenbücher schaute sie weg und las ihm die Sorgen von der Stirne ab. Aber sie hatte auch gleich einen Trost bei der Hand. Sie sollten nur warten, bis sie einmal groß war, und was in ihr alles steckte! In ihrem phantastischen kleinen Kopf, der mit Märchen und Geschichten vollgepfropft war, gingen die wunderlichsten Pläne durcheinander, die sie niemandem verriet, die sie in ihre Strümpfe mit einstrickte und in ihren Schulranzen mit einpackte. Sie gewöhnte sich, den Kopf wichtig und sorgend auf einer Seite zu tragen und den Leuten bekümmerte Gesichter anzumachen, dabei zwinkerten aber ihre Augen so verheißungsvoll, wie wenn sie sagen wollte: »Lasst nur mich erst wachsen und groß sein!«

Nicht, dass sie etwa immer voll Ernst und Strenge und Tätigkeit gewesen wäre, sie war sogar zu Zeiten wieder von krampfhafter Lustigkeit befallen, aber alle ihre Äußerungen der Lebensfreude fielen so kläglich plump und unbeholfen aus, dass die andern sie nur hänselten und sie dann mit zornrotem Kopf davonlief.

Nur einer störte sich nicht an ihren eckigen Sprüngen und blödsinnigen Lachausbrüchen, die kein Ende nehmen wollten, und an ihrem unmotivierten Kichern – das war Vetter Franz, der ihr altgescheites Wesen sowohl wie ihre Kummergesichter mit dem ihm angeborenen Phlegma übersah und sich lieber von ihr herumzerren ließ als von ihren Brüdern braun und blau schlagen.

Sie waren Freunde und er empfing sie so manchen freien Nachmittag in dem alten Patrizierhause. War die erste, wichtigste Frage »Is die Mamme drinn?«, mit Kopfschütteln beantwortet, so begannen sie ihr Wesen in dem großen Hause, das von oben bis unten nicht vor ihnen sicher war. Auf dem Speicher spielten sie Komödie, wobei Franz allerdings meistens passiv blieb, und im Keller Räuber bis »se« heimkam und die beiden aufstöberte. Erwischte sie dann Pimpernellche bei ihrem langen roten Zopf, so blieb die Hand gewiss nicht dort, sondern machte sich nachdrücklich über den Kopf her, und ihre Hand spürte man! Pimpernellche zog sich in richtiger Erkenntnis der Sachlage immer gern aus ihrem Bereich zurück und betrat nie das Haus, wenn auf ihre durch die Türspalte geflüsterte Frage: »Is se drinn?«, Franz mit umwölkter Stirn bejahend antwortete.

»Se« war natürlich Franzens Mutter, eine hagere, starkknochige Frau mit gelbem Teint, die mit Vorliebe grüne und lila Hutbänder trug, was ihre Hautfarbe sehr erhöhte. Sie wurde von Pimpernellches Brüdern »Orangenkönigin« genannt, von der Mutter ihres Geschmackes wegen belächelt und von Franz und seinem Vater mit ziemlich hartnäckiger Schweigsamkeit behandelt, von allen aber eigentlich gefürchtet. Raste sie zu irgendeinem Zimmer hinein, so schwiegen Mann und Kind, und hörte man ihren derben Schritt im Hausgang, so wurden die Dienstboten mäuschenstill.

Zurzeit, als Pimpernellches Vater anfing mit schweren Sorgen herumzugehn, zerkriegte sich die Freundin und Cousine mit dem Freund und Cousin Franz. Eines Nachmittags nämlich, sie tragierte ihm eben eine große »königliche« Szene oben auf dem Speicher vor, frug er sie plötzlich, von Kauen erschwert – er kaute immer an etwas, diesmal an einem »Schmeerche«, einem dicken Stück Brot mit Eingemachtem – »du, isch wohr, ehr gehn kapores, ehr machen bankrott?«

Leichenblass, heulend und wortlos warf sie ihm ihre Papierkrone an den Kopf und raste über die vier Treppen hinunter, über die Straße und die heimischen Stiegen hinauf, immer noch angetan mit dem langen rotgeblumten Kattunvorhang, der hinter ihr dreinschleppte, in den sie sich verwickelte und die Treppen zur elterlichen Wohnung hinauffiel, noch jämmerlicher schreiend. Sollte sie es der Mutter sagen? Um keinen Preis der Welt. Sie mochte ärgerlich und immer ärgerlicher fragen: »Was hoscht dann?«, ihr sagte sie kein Wort. Oder etwa den Brüdern, die sie wie besessene Derwische umtanzten und sich in die Finger bissen vor Vergnügen über ihren Aufzug? Nein, das trug sie allein. In ihren Kattunvorhang gewickelt, saß sie auf einem Schemelchen am Ofen und ließ die Mutter schelten und die »Buwe« lachen.

Solch eine Rohheit! Das hätte sie von Franz nicht erwartet. »Ehr gehn kapores«. Kapores hatte er gesagt! Dieser Ausdruck! Und das war doch gar nicht wahr, nein, so schlimm stand's gewiss nicht. Am Abend stellte sie sich mit Herzklopfen beim Vater ein und nachdem sie lange stumm bei ihm gesessen und vor Aufregung Gesichter geschnitten hatte, traute sie sich endlich mit ihrer großen Frage heraus: »Machen wir Bankrott?«

»Wie kommst du zu der Frage?«

Sie hatte gar nicht geglaubt, dass der Vater so bös aussehen könne! Die zwei dicken Falten auf der Stirn! Hätte sie doch lieber nicht gefragt! Das Weinen würgte sie und sie rutschte vor Scham und Ratlosigkeit auf ihrem Stuhl hin und her. Am Ende hatte sie dem Vater viel weher mit ihrer Frage getan wie Franz ihr!

Und sie bot solch ein Bild des Schmerzes, dass der Vater sie auf die Knie nahm, ihr zuredete und sie zu beschwichtigen versuchte, als ihre Tränen nun wirklich in ausgiebiger Weise rannen. Nein, es war nicht gar so schlimm, wenn es auch nicht gut stand. Sie und die andern alle sollten sich nur merken, dass sie sparen mussten, und alle sollten ihre Pflicht tun, wie er sie tat.

Pimpernellche hielt sich steif aus den Knien des Vaters und traute sich nicht seine Liebkosungen zu erwidern, nur als er ihr sagte: »Du bist ja mein verständiges Mädchen«, nickte sie heftig mit dem Kopf, denn all ihre Pläne fielen ihr wieder ein.

»Ich will helfen«.

An Franz ging sie wie ein Automat vorbei, nur drehte sie den Kopf zur Seite. Er hatte sie zuerst in gutmütiger Weise wieder angeredet, doch da sie ihn keines Blickes würdigte, bespöttelte er sie nach Jungenart wie die andern.

Also Franz war verloren, und die »Buwe« freuten sich noch dessen und lachten sie aus. Jetzt blieb ihr nur mehr die kleine Schwester, das goldlockige Sannchen, das sie sowieso schon zärtlich geliebt hatte.

Von nun an konzentrierte sich alles auf die Kleine, kein Opfer war ihr zu viel, sie versagte sich alles und gab dem kleinen, von allen verzogenen Nesthäkchen, was sie nur entbehren konnte.

Es gehörte zu ihren größten Freuden, die kleine Schwester im weißen Kleidchen in den Park zu führen. Sie hatte ihr von ihren Sparpfennigen eine blaue Schärpe gekauft und war vor Entzücken außer sich, wenn sich alles nach dem reizenden Kinde umdrehte, das jeden anlachte und seine Goldlocken kokett über die Schultern warf, das zierliche Knixe machen konnte und die Füßchen setzte wie eine Prinzess. Da stand Pimpernellche daneben in seiner jungen Ältlichkeit und war so stolz, wie wenn sie die Mutter Sannchens gewesen wäre.

Die Kleine ward nicht nur von Pimpernellche, sondern auch von den Buwe und von der Mutter erst recht verzogen, und war zu Zeiten ein recht garstiges, eigensinniges Kind, das außer sich geraten konnte, wenn es nicht sofort alles bekam, was es begehrte, ganz wie die Mutter.

Vor dem Vater hatte Sannchen Furcht, ihm zeigte es nur seine liebenswürdigen Eigenschaften und verstand es, ihm so zu schmeicheln, dass er der reizenden Kleinen kaum etwas abschlagen konnte. Nur in der letzten Zeit wollte er sie nicht sehen.

Spät am Abend kam er vom Geschäft heim und schloss sich in sein Zimmer ein, die halbe Nacht arbeitend. Das eine oder andre Mal erlaubte er Pimpernellche bei ihm sitzen zu dürfen, doch bedrückte sein düsteres, sorgenvolles Wesen das Mädchen so, dass es oft still aus dem Zimmer schlich und in seinem Bette weinend einschlief.

An einem Novembermorgen in aller Frühe fuhr Pimpernellche erschreckt aus dem Schlaf in die Höhe. Es war einer jener grauen, schweren Tage, wo die Frühlichter braun-rot brennen und dicke Nebel in den Straßen liegen, die klebrig und schwarz sind. Rieke, das Dienstmädchen, stand mit einer qualmenden Lampe vor dem Bette der Mutter und suchte sie zu wecken.

Riekens gutmütiges, dummes Gesicht war von Tränen überströmt, ihre Hände zitterten, und sie brachte nichts heraus wie: »Der Herr, der Herr!« Die Mutter wehrte schlaftrunken und scheltend ab, da sprang Pimpernellche mit einem Schrei aus dem Bett: »Der Vater, der Vater!«, und lief im Hemd nach seinem Zimmer, alle Türen hinter sich auflassend. Bald erfüllten ihre Rufe und ihr lautes, schmerzliches Weinen das Haus. »Mutter! Mutter!«, zum ersten Mal rief sie die Mutter um Hilfe und klammerte sich an sie an, als diese endlich verstört und selber weinend wie ein Kind nachkam.

Da lag der Vater tot und kalt auf dem Divan, ganz wie wenn er schliefe, die große Lampe mit dem grünen Seidenschirm brannte noch wie sie die ganze Nacht gebrannt, die Bücher lagen aufgeschlagen und ein Glas Wasser stand halb ausgetrunken auf dem Tisch.

Das kleine Dienstmädchen erzählte unter Schluchzen, dass der Herr einmal in der Nacht geläutet habe, dass es ihm nicht gut gewesen sei, dass sie aber niemanden hätte wecken dürfen. Doch weil er so schlecht ausgesehen habe, sei sie wach geblieben und habe vorhin nachgesehen, und da sei er schon ganz kalt dagelegen.

Pimpernellche starrte das graugelbe Gesicht des Toten an. Konnte das sein? Gestern noch war sie bei ihm gesessen, und er hatte sie scherzend zu Bett geschickt und heute lag er tot? Es konnte nicht sein, es konnte nicht sein! So grausam durfte doch Gott nicht strafen!

Sie schleppte sich in die Schlafkammer zurück, wo die in Eile verlassenen Betten wirr durcheinander lagen, auf den Knien liegend vergrub sie den Kopf in die Kissen und klagte und schrie und verzweifelte an Gott und beschwor ihn wieder: »Lass es nicht wahr sein, lass es nicht wahr sein!«

Sollte sie denn gar Keinen haben? Und sie rief in leidenschaftlichen Tönen nach dem Toten, sie sah ihn vor sich und bedeckte ihn mit Küssen. Wie ein ungestümer Quell brach ihre versteckte scheue Zärtlichkeit hervor, ein ungeheures Schuldgefühl peinigte sie, dass sie dem Toten nicht mehr Liebe gezeigt, und sie presste ihr flammendes Gesicht in die kalten Bettlaken, während ihr magerer Körper vor Kälte zitterte.

Draußen fiel lautlos ein wässriger Schnee, der sich an die Fenster legte und träge wieder zerfloss; zögernd kam die Helle in einem breiten Streifen durch's Fenster gekrochen.

Plötzlich überkam das vor Frost zitternde Kind ein ungeheures Mitleid mit sich selbst, mit dem armen Kinde, dem man alles, alles nahm, dem nichts blieb wie Härte und Lieblosigkeit, sie fühlte ein Bedürfnis, sich das zu sagen, sich gleichsam zu schlagen mit dem eigenen Schmerz, und fühlte eine Genugtuung vor Frost erstarrt da zu liegen in Leid und Weh. Zuletzt kroch sie aber doch in die Kissen und als sie wieder warm war und drüben die Stimme der Mutter in den schrillsten Tönen klagen hörte, zog sie sich an, um zu ihr zu geh'n.

Das war nun das vernünftige, altgescheite Pimpernellche wieder, das die Mutter tröstete; nicht wie ein Kind die Mutter, sondern wie eine Mutter ihr Kind. Nicht mit weichen Worten und Liebkosungen, sondern klar und vernünftig suchte sie ihr zuzureden. Aber das half alles nichts. Sie schrie nur immer: »Er war immer so, alles heimlich, und jetzt macht er's widder so! ach Gott! ich überleb's nit! Nit ämol im Bett g'storbe! und die Buwe sin doch aach noch da!«

Ja freilich waren die noch da und mitten im Studium und sollten nun weiter lernen, obwohl sie faule, nichtsnutzige Schlingel waren, die einer strengen Zucht bedurft hätten. Und sie war auch da und wollte lernen und zwar noch recht viel und Sannchen – oh, sie wusste alles!

Wer frug denn jetzt danach? Wenn nur der Vater gelebt hätte, lieber hätte sie nun geputzt und gefegt ihr Leben lang, aber da trugen sie ihn fort und ließen sie mutterseelenallein für immer, denn das fühlte sie, die Mutter und die Brüder waren ihr nicht näher gekommen durch den Tod des Vaters.

Den ersten Tagen des leidenschaftlichen Schmerzes folgte eine Zeit dumpfer Trauer und Leere. Es war Pimpernellche, als hätte sie nichts mehr auf der Welt zu tun, bis der Vormund kam, der die ganze Familie versammelte, schließlich aber alle hinausschickte und nur Pimpernellche behielt, weil er mit der konfusen Mutter und den Buwe, die ihn nur stier und schläfrig anschauten, nichts anfangen konnte.

Der Vormund war Franzens Vater, ein gutmütiger Mann von etwas phlegmatischem Temperament, der nur durch den Willen seiner Frau zu irgendetwas von Wichtigkeit angetrieben werden konnte, und der sich ohne ihre Zustimmung kaum einen Entschluss zu fassen getraute. Die Rolle des Vormunds machte ihm nicht nur keinen Spaß, sondern beängstigte ihn. Entschlüsse fassen, dirigieren müssen war nicht seine Sache und jemandem Schmerz zufügen noch weniger. So saß er missmutig und beinahe verlegen Pimpernellche gegenüber und versuchte ihr die Verhältnisse klar zu machen.

Das kleine Persönchen, noch schmächtiger und eckiger aussehend in dem schwarzen Trauerkleide, hörte mit leidlicher Fassung die umständlichen Auseinandersetzungen des Vormundes an. Also es stand schlimm. Etwas würde ja wohl bleiben vom Verkauf des Geschäftes, vom Vermieten des Hauses, natürlich müssten sie sich auf das alleräußerste einschränken, die Wohnung verlassen und die kleinste im Haus dafür nehmen, das Dienstmädchen fort tun – Pimpernellche sprang mit einem Schrei auf. Das ging sie an. Das hieß nichts anderes, als sie müsse den Dienstboten machen, weg vom Institut, von allem Schönen und Hohen, alle, alle Träume begraben! –

Sie fing bitterlich zu weinen an, so dass der Vormund versprach, er wolle sich alles noch einmal überlegen, genau berechnen. Aber nach ein paar Tagen kam er wieder und nun war's für immer aus, denn »sie« wollte es durchaus nicht.

Pimpernellche war in diesen Tagen ein paar Stufen von der erträumten Leiter ihrer Herrlichkeit heruntergestiegen. Sie legte mit tragischen Gebärden die »Schauspielerin« beiseite, die sie bis jetzt als »hehres Ziel« vor Augen gesehen, und machte sich daran, die Kosten für einen Gelehrtenberuf zu berechnen, denn etwas Besonderes musste doch aus ihr werden, das war von jeher bei ihr festgestanden. Aber auch dieser schöne Wahn sank und sie stieg tiefer und tiefer. Sie musste wohl Erzieherin oder Lehrerin werden. So brachte sie also dies große Opfer, wenn auch von Zeit zu Zeit ihre Phantasie wieder aufschäumte und sie höher hob, sie blieb doch zuletzt bei der Lehrerin und den Kampf wollte sie mit dem Vormund ausfechten.

Es wurde aber gar keiner, denn gegen »ihren« Willen und »ihre« Meinung war nichts zu tun. Wie hatte sie nur glauben können! Überdies wusste ihr der Vormund ihre Pflicht so klar zu machen und behandelte sie ganz als Erwachsene, dass sie, die eine gute Portion Pflichttreue vom Vater geerbt, sich ergab. Natürlich drapierte sie sich in dieses ihr großes Märtyrertum und es war ihr ein Sporn, vom Vormund quasi als Haupt der Familie behandelt zu werden.

Nur hatte sie sich's doch leichter gedacht. Die ewigen Schimpfereien und Heulereien der Mutter, die die Wohnung nicht verlassen und keine ihrer Bequemlichkeiten entbehren wollte, die Brüder, denen es gar nicht einfiel, sich einzuschränken, und die kleine Schwester, die ganz naiv weiter begehrte, verleideten ihr alles und nahmen ihr das bisschen guten Willen und verwandelten es in Bitterkeit. Sie war sich klar, dass sie Jahre zu diesem Dasein verdammt war, und dass es ihr kaum gelingen würde sich davon loszumachen.

Die Vierzehnjährige konnte vom Ernst des Lebens reden und von der Öde des Daseins, wie es sonst nur Menschen tun, die große Enttäuschungen erlebt. Allerdings tat sie das mit einem übertriebenen Pathos, das in Anbetracht ihrer Jugend etwas Lächerliches hatte, aber es fanden sich doch manche, die ihr eine außergewöhnliche Reife und einen feinen Verstand andichteten und da sie anfing spöttisch zu werden und mit ihren Altersgenossen nicht verkehrte, fürchteten sie manche, besonders weil sie ihnen gegenüber eine ganz ungewöhnliche Überlegenheit hervorkehrte. Sie hasste förmlich alles Leichte, Fröhliche.

An einem hellen Maitag stieg sie mit einem Bündel Wäsche die Stiegen hinauf, als Franz, der in Gedanken zu ihrer alten Wohnung gekommen war, lachend wieder herunter-sprang. Gleich fasste er sie in seinem Übermut um den Leib, drehte sie herum und wollte sie die Stiege mit hinabziehen. Sie, ganz von Verachtung erfüllt für seinen Leichtsinn, sah ihn mit einem strengen, alten Tantengesicht an, hielt sich stecken-steif und sagte: »Schäm' dich! wo Vater doch –« im selben Augenblick kamen ihr aber die Tränen mit solcher Macht, dass sie sich auf die Treppenstufen setzen musste, das Bündel Wäsche auf den Knien.

Der Junge, gutmütig und verlegen, setzte sich neben sie und versuchte unbeholfen ihr die Hände vom Gesicht zu ziehen:

»Sei doch nit so«, sagte er halblaut, »es ist so schönes Wetter heut«, gleich wurde er aber puterrot, schämte sich furchtbar, dass er so was dummes gesagt und riss ihr die Hän-de von den Augen.

Dabei kollerte der Wäschebündel von Pimpernellches Schoß die erste Treppe hinunter, dann die zweite und fiel aus-einander, die zwei schreiend hinterdrein, Franz von Herzen lachend, Pimpernellche bitterbös.

Aber er half ihr getreulich zusammensuchen, tröstete sie und erbot sich ritterlich ihr beim Auswaschen und Aufhän-gen zu helfen, dass sie ihm nicht bös sein konnte, zudem er versprach kein Wort zu verraten.

Nun schlichen sie vorsichtig zur Waschküche und Franz band sich eifrig eine Schürze um und ließ sich unterweisen. Sie fanden das so drollig und spaßhaft, dass selbst Pimper-nellche herzlich lachte und Franz, nachdem er ihr die Wäsche auch noch nach dem Speicher geschleppt und rot und pus-tend sich beim Aufhängen beteiligte, nicht nur Verzeihung fand, sondern von nun an eine hervorragende Stelle in ihrem Herzen einnahm.

Ganz nach Kinderart noch liebte sie ihn, sie zeigte ihm auch nichts davon, aber sie dachte gern an seine gutmütigen Augen und seine warmen täppischen Kinderhände.

Es war überhaupt nicht ihre Art Zuneigung zu zeigen, sie erschien selbst Sannchen, die sie doch zärtlich liebte, immer als die Harte, die Weise, die Naserümpfende, die Erfahrene, und erst den Brüdern! Die hassten sie förmlich, sie ließ ihnen aber auch gar nichts hingehen, in ihrer Unerfahrenheit und Pflichttreue meinte sie, sie müssten ebenso korrekt sein wie sie.

Manchmal rappelten sich die Buwe aus ihrem für gewöhnlich faulen und bockigen Widerstand auf, und es kam zur offenen Rebellion. Dann stellte sich natürlich die Mutter auf Seite der armen Misshandelten, die rein gar nichts von ihrem »Lewe hawe sollten«, und es brach ein endloses Lamento aus über Pimpernellches schändliches Benehmen, über ihre Knauserei.

Sie lebten doch weiß Gott wie die Bettler und wo das Geld hinkam, wusste man nicht, und keine Freude, keine Erholung hätte sie, die kranke Frau! Dabei konnte sie einen Strom von Tränen vergießen (das konnte sie immer), dass die andern sie gleich tröstend umstanden und Pimpernellche mit Vorwürfen überschütteten.

Kam sie nach kurzer Zeit wieder herein, noch zitternd vor Ärger und Aufregung, so war drinnen alles eitel Ruhe und Sorglosigkeit.

Die Mutter kaute an ihrer Schokolade, die sich seit langem als ein probates Tröstungs- und Ablenkungsmittel erwiesen, und Sannchen knabberte verstohlen mit. Die Brüder lümmelten am Fenster, hatten acht Finger andächtig zwischen den Zähnen und die Nase platt an den Scheiben und taten so, als ob sie ihre Aufgaben repetierten.

Ob Pimpernellche eine Freude oder eine Erholung brauche, daran dachte kein Mensch. Ließ sie nur das Geringste davon verlauten, so war großes Geschrei und die Brüder wollten sich ausschütten vor Lachen.

Ansprüche? Was wollte sie denn um Himmelswillen? Solch eine »wüschte« Kreatur? Wer machte sich denn etwas aus ihr? Sie sollte nur in ihrer Küche bleiben, wozu war sie denn sonst auf der Welt?

Mit Sannchen war das ganz etwas anderes. Von Anfang an hatten es alle, selbst der Vormund für selbstverständlich gehalten, dass sie im Institut blieb, auch musste sie immer gut angezogen sein, weil sie doch »mit de bessre Mädcher« ging. Zum Arbeiten im Haus hatte sie nie Zeit, dagegen wurden ihr stets Spaziergänge und dergleichen erlaubt, selbst Pimpernellche war ihr gegenüber schwach und freute sich, wenn sie rosig und frisch, »schön geputzt«, mit ihren Freundinnen die Straße hinunter schwänzelte.

Auch die Brüder verkehrten mit dem »Kind« in einer Art derber, täppischer und ungeschlachter Galanterie, die sich in Kneipen in die Arme, Tragen der Schultasche, Teilen von gestohlenem Obst und dergleichen äußerte.

Sannchen nahm alles an, wie wenn es ihr gebühre. Sie war kein liebenswürdiges, eher ein mürrisches, launisches Mädchen, das nur bitten, betteln und schön tun konnte, wenn es etwas erreichen wollte.

Ging es nicht nach Wunsch, so konnte sie bitterbös werden und hässliche Redensarten ausstoßen. Sie zerriss alles was ihr unter die Finger kam, biss und kratzte und suchte der Schwester obendrein noch irgendeinen heimtückischen Streich zu spielen, der ihr eine kleine Freude nahm. Freilich weinte sie dann wieder darüber und versuchte Pimpernellche zu trösten.

Im Übrigen fand sie es ganz in der Ordnung, dass nichts für Pimpernellche und alles für sie war, auch dass die Ältere stets zurücktrat; in der Ansicht wurde sie natürlich von der Mutter bestärkt, die oft beim Anblick Sannchens seufzte: »ach des arm’ Kind!«, worauf diese sofort prompt mit einem Tränenguss reagierte.

Sie war es doch, weiß Gott, die Opfer brachte! Wenn man ihre Freundinnen ansah, wie die angezogen waren, und wenn man sie von zu Hause reden hörte! Sannchen ballte oft die

Hände vor Wut und räsonierte den ganzen Tag in der Wohnung herum, weil ihr nichts recht war.

An einem Sonntag kam sie einmal ganz aufgeregt aus der Kirche nach Haus, sie hatte Geburtstag gehabt, ihren vierzehnten, und ein neues Kleid bekommen, das das praktische Pimpernellche in einem schönen Grau gewählt hatte.

Dies neue Kleid nun, an dem sie zuerst viel Freude gehabt, warf sie so verächtlich beim Ausziehen auf den Boden, mit solch erregten Gebärden, dass Pimpernellche gleich wusste, es sei was los. Endlich nach verschiedenen Anläufen und dunkeln Redensarten kam's heraus.

Franz war ihr begegnet und hatte sie angesprochen, Franz, der ihr Haus schon seit langer Zeit mied, weil er sich mit den zwei groben jungen Herrn gezankt.

Und warum er sie angeredet? Es war nichts weiter als Hohn.

»Warum hast Du denn kein solch schönes, weißes Kleid an, wie Doktors Cläre, es müsst Dir viel besser steh'n, besonders mit blauen Schleifen. Schaff Dir doch eins an, Du würdest mir ausgezeichnet gefallen.«

»Und die Cläre ist doch ein nett' Mädche' und – und« heulte Sannchen und wusste ihres Jammers kein Ende. Mit den Füßen stieß sie das graue Kleid weg und warf Pimpernellche böse Blicke zu.

Die Mutter aber horchte auf: »Soso, ei, ei, der Franz! Guck ämol do!« Franz hatte doch die ganze Familie geschnitten wegen seines Streites mit den Buwe und nun –?

Franz war Primaner, studierte in Karlsruhe, und kam nur zu Ferien nach Haus. Er trug sich »foin« wie Frau Heß, Sannchens Mutter, sagte. Besondern Eindruck hatte ihr immer ein heller Überzieher neuesten Schnittes gemacht, in dem er auch gern an heißen Tagen prangte. Er ließ sich alles in Karlsruhe machen, bezog seine Stiefel aus Mainz vom allerersten Schuster und verachtete diejenigen, die gezwungen waren, in seiner Vaterstadt arbeiten zu lassen.

Merkwürdig oft war der Franz jetzt immer zu Hause, seitdem er Sannchen angeredet, fast jeden Samstag, und eines Tages erschien er wieder ganz unbefangen »in's Hesse«.

Die Mutter saß im Lehnstuhl, halbschlafend wie immer.

»Gutn Tag. No, wie geht's? Springen Se alleweil noch wie ä Hirsch, Madame Heß?«

Er hatte immer solche Scherze geliebt, und Frau Heß, die sonst sehr beleidigt war, wenn man auf ihren wachsenden Leibesumfang oder ihre Trägheit anspielte, lächelte huldvoll zu seinem Witz. Sie hatten sich immer ziemlich fremd gestanden, nie geduzt, sie hielt ihn für den Verderber ihrer unschuldigen Knaben und hatte ihn mindestens danach behandelt.

Heute behandelte er die Buwe gönnerhaft, mit der Miene des Weltmannes, den Zwist ignorierend, bot er ihnen Zigarren an, die sie unter mütterlichem Angstgeschrei und dito verzweifelten Abwehrungsversuchen gierig zu dampfen begannen. Die Folgen ließen nicht auf sich warten, nichtsdestoweniger schüttete Madame Heß die volle Schale ihrer Huld über den dicken Franz aus.

Sie verstand. Wenn nur Sannchen auch verstanden hätte! War er da, gab sie ihm schnippische Antworten, echte Schulfratzenantworten, oder sie ging gleich gar nicht ins Zimmer.

»Was brauchscht'n Du immer vunn Karlsruh' rüwer zu fahre, bleib drüwwe!«, sagte sie ihm.

War er fort, warf sie den Kopf nach hinten und tat verächtlich.

»O der kleen, dick' fett' Kerl, nix wie Kleeder hot er.«

Vor einem Jahre noch hatte er sie ganz als Kind behandelt und versucht, sie in die Waden zu kneifen, das vergaß sie ihm nicht.

Aber der gute, dicke Franz war beharrlich. So manchen Samstag saß er geduldig der ewig klagenden Mama Heß gegenüber und wartete. Nur kam dann Sannchen entweder sehr spät oder gar nicht nach Hause. Dass sie während der Zeit mit ihren Freundinnen – manchmal waren auch ein paar Freunde dabei – draußen herumzog und sogar eine Flamme im Herzen trug, ahnten weder Franz noch die Mutter, selbst nicht die Brüder, die sonst alles von ihren Kameraden erfuhren.

Die Buwe hatten zu der Zeit einen feinen Sinn für die Schönheiten der Natur. Alle Samstage zog es sie in ein schönes, stilles Tal, in dem ein einsamer Wirt, der auch ein ähnlicher Naturfreund war, unzählige Halbe an sie unter Verschwiegenheit und für wenig Bares schenkte.

Sie begannen mit Sannchen rauer umzugehn, sprachen viel von Germanentum, Sittenreinheit, Einfachheit, Stärke, Kraft und Ehrlichkeit, schliefen am Sonntag immer wie die Bärenhäuter, spielten mit Bierkrügeln Fangball, rangen – d.h. balgten sich – miteinander, lachten stets in tiefen Tönen »hohohoho«, hielten sich lange, ellenlange heimliche Pfeifen mit blaugelbroten Quasten und wurden von Franz als »komplett ruppig« bezeichnet.

Pimpernellche aber schwamm in eitel Glück und Freude. Franzens Besuche waren schon seit langer Zeit für sie wie ein Geschenk des Himmels, ja ihr einziges Glück gewesen. Immer hatte sie Franz ein wärmeres Gefühl bewahrt, seit der Kinderliebkosung.

Nun war aus dem kleinen rotbackigen Franz ein starker Franz mit dichtem Blondhaar geworden, nachdem sie immer verborgen vom Gangfenster aus schielte, während er sich draußen etwas arg geräuschvoll die Füße abkratzte. Er tat natürlich, wie wenn er zum Besuch der Brüder käme, und getraute sich nicht mehr zu ihr zu sagen wie im Gang ein schnelles »Gu'n Tag Nelly«, – er sagte immer »Nelly!« – »sin' die Buwe drinn?«

Wenn sie dann aber wieder in der Küche hantierte, legte sie jedem Wort, jedem Ton, jeder Bewegung Bedeutung bei, wie er ihr die Hand bot z.B., manchmal vergaß er's auch, dann hatte sie ihn natürlich erzürnt, und sie war tief unglücklich. So phantasierte sie sich eine Liebschaft zusammen, von der der beteiligte, schwer betroffene Franz keine Ahnung hatte.

Später, als das große Unglück für ihre Liebe kam, der Bruch mit den Brüdern, hatte sie wohl viel geweint, Tag und Nacht, denn diese reine, heilige Liebe war doch der einzige Stern im Dunkel ihres Daseins, hatte täglich auf einen Brief gewartet, der nie kam, hatte Franz auf der Straße flehentliche Blicke zugeworfen, die er nicht sah – er machte vor ihr kehrt wie vor den andern.

Wie schwer musste der Edle gekränkt worden sein, dass er ihr diese Prüfung auferlegte! Aber sie hielt aus, still, tapfer und demütig, und nun kam er wieder! Kam wieder schöner und feiner als die andern Männer, äußerlich vor ihnen ausgezeichnet, ein Weltmann. Doch auch sie war nicht mehr das schüchterne, schmalbrüstige und unbeholfene Kind, ein großes Mädchen war sie geworden, breitschulterig und breithüftig von der vielen körperlichen Arbeit; wenn ihr auch die Fülle etwas fehlte, eckig war sie nicht mehr und schüchtern, auch sie konnte Weltdame sein, wie er Weltmann.

Sie begrüßte ihn freudig, aber mit der einer Dame geziemenden Reserve, sie war viel im Wohnzimmer anzutreffen, trotz der missbilligenden Blicke der Mutter. Doch merkwürdig! bei längerem Verkehr stellte sich heraus, dass er, der Lustige, Muntere, still und blöd in ihrer Nähe wurde, unruhig auf seinem Stuhl hin und her rückte, wenn sie ihm von ihren Büchern erzählte oder gar ein kleines Gedicht vorlas. Ihr Herz jubelte, wie ihn die Liebe zag machte, den Stolzen!

Nur der Abschied war immer besonders herzlich, und seine Augen leuchteten auf, wenn sie ihm die Hand bot, weil sie häusliche Pflichten riefen.

Damals las sie »Dreizehnlinden«. Das hatte sie sich gewahrt, die Verehrung für ihre Bücher, und so manche Nachtstunde saß sie zusammengekauert in der Küche und las bei einem Kerzenstümpchen. »Dreizehnlinden!«, und Franz, der kräftige, träumerische, blonde Recke war Elmar, ihr Elmar. Hundertmal unter dem Kochen seufzte sie »Elmar«! und es war ihr sogar schon passiert, dass sie von Franz gesprochen und ihn »Elmar« genannt hatte.

Die Situation dauerte über ein Jahr und Pimpernellche sah sich immer noch als die Ursache der heimlichen Besuche Franzens an, er dagegen befand sich immer noch gleich unbehaglich in ihrer Nähe. Er fürchtete sie, wusste nichts aus ihr zu machen, hielt sie für überbildet und spöttisch und dank dem schlecht verhehlten Jammer der Mutter und irgendeiner brüsken Bemerkung der Buwe für eine Art von Hausdrache.

So was war seiner friedfertigen Natur ein Gräuel, davon hatte er genug zu Hause! Zudem war sie in ihrer Magerkeit durchaus nicht sein Geschmack, war so alt wie er und kam überhaupt für ihn nicht in Betracht, seine Liebeslinie bewegte sich einige Jahre tiefer. Von ihrer stillen und entgegenkommenden Anbetung merkte er, selber bis über die Ohren verliebt, gar nichts.

Ach! und er liebte unglücklich! Sannchen verstand seine vielen Besuche, seine zarten leisen und zarten lauten Andeutungen gar nicht, sie lachte dazu. Welch' ein Kind! Aber sie würde noch verstehen lernen, wenn er erst kam an Weihnachten in der schmucken, blauen Dragoneruniform, das musste sie blenden!

Und der Herr Freiwillige kam. Sporenklirrend, kurzgeschoren, mit hochwattierter Brust, über die die Schnüre der Uniform nur so spannten. Einen Zwicker hatte er sich beigelegt und ein Armband, das sich des Öfteren nicht ganz ohne Zufall aus den Manschetten stahl und von ihm mit einer eleganten und zugleich energischen Bewegung zurückgeschleudert wurde.

Sannchen war nun fünfzehnjährig, körperlich sehr entwickelt und noch ebenso rosig und lockig wie als Kind.

»Goldengel« nannten sie die Studenten, während Pimpernellche in der Stadt »s Hesse Rothche« hieß.

Sannchen war ein wenig faul, verträumt, ein ganz klein wenig sentimental, ohne je die Realität in ihrem Interesse außer Acht zu lassen, nicht allzu gefühlvoll, ziemlich rasch im Erfassen und schnippisch und treffend in der Antwort; nach außen sehr offen scheinend, repräsentierte sie ein gut Teil pfälzischer Art. Dem Herrn Franz trat sie sehr seriös entgegen, nannte ihn trotz der Verwandtschaft »Sie« und duldete durchaus nicht, dass er sie mit »Du« anredete. Seine offenen und etwas forciert kecken Huldigungen nahm sie mit überlegener Kühle auf, so, wie wenn sie dergleichen schon lange gewöhnt sei und kaum der Beachtung wert fände.

Das entflammte jedoch den kühnen Krieger erst recht.

Er schloss sich, wenn auch mit der Herablassung, die er seiner Uniform schuldig war, den Buwe noch enger an, zog sogar mit ihnen nach dem stillen Waldtal, wo er wie sie laute Lieder sang, bunte Mützen trug und mit dem Schläger fuchtelte. Von Treue, Herrlichkeit und Freiheit brüllten sie, die Zeche bezahlte großmütig Franz, und beim Nachhausegeh'n steckte er ihnen Zettelchen zu, die sie an Sannchen abgaben.

Sannchen pflegte sie zu entfalten, ihr Gesicht zu einer Fratze zu verziehen, sie zusammenzuknüllen und den Buwe ins Gesicht zu werfen, was sie als einen famosen Witz mit ihrem »hohoho«-Bassgelächter begleiteten.

Zwischen Pimpernellche und dem edlen Krieger änderte sich das Verhältnis. Er saß ihr nicht mehr scheu gegenüber, er war zu ihr von »edler knapper Würde.« Er war auch nicht mehr der träumerische Jüngling, ein kühner Mann war er geworden, er war der Herr, dem sie sich demütig neigen musste.

»Hier bin ich, Deine Magd, Deine Dienerin, ganz Dein Eigen, hebe mich auf und mache mich zu Deiner Herrin.«

Doch er wollte sie prüfen, er ward hochfahrend, kaum bemerkte er sie, nachlässig nur grüßte er, und wenn er sich den Mantel reichen und beim Anziehen helfen ließ, dankte er nicht einmal. Sie war seine Magd, ja, gewiss, sie war seine Magd, – immerhin – Pimpernellche machte die Augen unter Tags etwas weiter auf wie sonst, und in der Nacht schloss sie sie wenig und starrte und weinte auch, und sie fing an Konturen zu sehen, die ihr gar nicht gefallen wollten, und eines Abends sollte ihr die nackte, grausame Wahrheit klar werden.

Franz saß mit den Buwe in ihrem kleinen Zimmer. Die zwei angehenden Primaner hatten eingefeuert, dass der eiserne Ofen förmlich pfauchte. Pimpernellche hatte Bier in einem großen Krug für die drei besorgt und nun ging der »Humpen« – es war zwar nur ein ganz alltäglicher blauer und grauer Krug – rum. Da saßen sie und brüllten in das tabaksqualmige Zimmer:

»Oo alte Bu-u-u-rschenherrlichkeit« und um dem »Einwilligen« zu gefallen – so nannten sie ihn witziger Weise! – auch: »O Elslein, liebstes Elslein«, und der lauteste war der Herr Soldat. Er hatte seinen Waffenrock der Bruthitze halber abgelegt, saß im Hemd, die Ärmel weit offen, dort, hatte eine blaugelbrote Mütze auf und eine erschrecklich lange Pfeife mit blaugelbroten Troddeln in der Hand, aus der er in den Pausen, in denen er nicht sang oder trank, ungeheuerlich viel Rauch blies.

Also sah der Held aus, als Pimpernellche, den Busen von Liebe, Eifersucht und Schmerz geschwellt, eintrat, gänzlich ungerufener Weise. Bei ihren ersten Schritten fuhr der Kriegerstudent zusammen, wähnend, es sei die Geliebte. Er ließ die Pfeife fallen vor Schrecken über den unwürdigen Anblick, den er ihr jetzt von hinten bieten musste, und schnellte auf, seinen Waffenrock zu ergreifen. Aber die Buwe dämpften seinen Eifer. Karl der Ältere, »Kall« ausgesprochen, drückte ihn gleichmütig nieder: »'s isch nor der Pimpernell«.

»Ach so!«, machte er, bückte sich um die Pfeife, trank den Humpen leer und reichte ihn hin, ohne sich umzudrehen.

»Da« sagte er, das war Alles.

Pimpernellche blieb starr steh'n.

Alles war ihr klar, alles sah sie klar auf einmal.

Vor ihr saß nicht Elmar, der Held, der kühne starke Mann, sondern ein dicker, fetter Freiwilliger ohne Uniformsrock, mit einem roten, schweißigen, betrunkenen Gesicht und einem glatt rasierten Schädel, auf dem die Studentenmütze schief saß, nur vom linken Ohr gehalten, – und groß waren die Ohren obendrein! – und der Freiwillige war unverschämt gegen sie, war immer unverschämt gegen sie gewesen in der letzten Zeit, behandelte sie wie einen Dienstboten und – war in ihre Schwester verliebt.

Mit einer Wut ohne Gleichen riss sie ihm den Krug aus der Hand und schleuderte ihn zu Boden, am liebsten hätte sie sich auf den Helden Elmar gestürzt und ihm den Krug an den Kopf geworfen. Das war gar kein Schmerz, nur ein Zorn ohne Maß und Ziel, über ihn, der ihr wie ein Betrüger, ein Verführer, ein Scharlatan vorkam. Und sie konnte ihre Wut nicht anders ausdrücken, als dass sie floh und die Türe mit aller Gewalt zuschmetterte.

Die drei sahen zuerst verdutzt den Krug an, dann die Türe, die noch gewaltig bebte. »Jetzt rappelt's 'r aa noch!«, meinte »Kall« gleichmütig, dann bückte er sich um den Krug, der ihm viel wichtiger war als die Emotion seiner Schwester, und der zweite sah ihm stier dabei zu. Nein, er hatte nur unbedeutenden Schaden gelitten, so war alles gut, bis aufs Bierholen!

Der Einwillige hatte zuerst gerade hinausplatzen wollen, das Lachen verging ihm aber wunderlicher Weise sehr schnell und kam nur als ein vergurgeltes Räuspern zu Tag.

Wahrlich, er schämte sich, er hatte sich patzig betragen. Pimpernellche war immerhin ein erwachsenes Frauenzimmer, wenn auch kein ihm lieblich dünkendes, und immerhin die Tochter des Hauses, mit der er früher treue Freundschaft gehalten.

Ein guter Junge wie er im Grunde war, wollte er sich beim Nachhausegeh'n entschuldigen, aber Pimpernellche blieb unsichtbar und ließ sich auch durch das Getrommel an ihrer Türe nicht herbeilocken, auf welch zarte Weise die Brüder den Wunsch nach ihrer Anwesenheit anzudeuten beliebten.

Pimpernellche war wie ein vom Bogen abgeschnellter Pfeil direkt in die Schlafstube gestürzt. Sie hatte geglaubt, Mutter und Schwester schon schlafend zu finden, und sich in ihr Bett verwühlen, sich dort ausschluchzen zu können, »wie ein wundes Tier«, sagte sie sich immerwährend vor.

Nun traf sie wohl die Mutter in tiefem Schlaf, aber Sannchen war noch wach. Mit gelösten Haaren stand sie vor der Kommode, deren oberste Schublade aufgezogen war, und hielt etwas in der Hand, das sie blitzschnell in der Schublade verschwinden ließ. Dann kämmte sie vor dem Toilettenspiegel ihr langes Haar, wie wenn sie nie etwas anderes getan.

Pimpernellche kroch schaudernd unter die Decke und wartete auf den großen Ausbruch ihres Schmerzes. Sonderbarer Weise wollte er gar nicht kommen, obwohl sie sich gehörig mit Selbstverachtung dazu anstachelte. Es hielt sie wohl die Gegenwart der Schwester ab.

Immer schielte sie nach dem Lichtstreifen, der durch ihre Decke drang, endlich kroch sie vor und hob behutsam den Kopf und sah Sannchen an.

Die Spitzen ihrer Haare flammten von dem vor ihr stehenden Licht und in dem großen, verräterischen Spiegel sah Pimpernellche etwas Merkwürdiges. Sannchen hielt eine Photographie in der Hand, ihr ganzes Gesicht glühte, ihre Augen funkelten, die Lippen waren halb geöffnet. Plötzlich riss sie das Bild an ihren Mund und küsste es wieder und wieder, drückte es an ihre Brust und faltete die Hände leidenschaftlich darüber.

War das die Liebe, dieser Sturm, dieser Aufruhr, dies wilde Wesen? Pimpernellches Herz klopfte, das war etwas Fremdes, vor dem sie Scheu hatte – und wie schön ihr die junge Schwester erschien und doch wie fremd in ihrer Erregung!

O, so hatte sie die Liebe nicht gekannt, nie – und es kam eine förmliche Beruhigung über sie, trotzdem ihr Herz klopfte.

Und dann auf einmal packte sie eine große Sehnsucht, die aufschrie und sie stammeln ließ: »Ich auch, ich auch will meinen Anteil am Leben, ich auch will geliebt sein!« Keinen lockigen Helden, keinen Schemen, kein Ideal, sie wollte von einem Manne geliebt sein, wie die Schwester geliebt war.

Zum ersten Mal zog etwas wie Neid durch ihr Herz – fiel denn kein Tropfen Glück auf sie, immer nur auf andere? Die ganze Nacht warf sie sich herum und weinte und sehnte sich. Sie wollte nicht weiter Sklavin sein, nicht weiter das hässliche Pimpernellche, das in der Herdasche wühlen und nach der schönen Schwester schauen durfte – gleiche Rechte, gleiche Pflichten – und vor Demütigungen wollte sie sicher sein.

So klug war sie zu wissen, dass zu ihr wohl nie ein Märchenprinz kommen würde, sie aus der Asche zu heben, ihr strahlende Gewänder überzuwerfen und ein blitzendes Krönlein ins Haar zu drücken. Ach, ihr passte der gold'ne Schuh nicht. Schönheit und Anmut waren nicht ihr Los.

»Was geb' ich d'r for dein Kopp, ä G'sicht sollscht hawwe«, hatte ihr vor kurzem »Kall« gesagt: Ä G'sicht sollscht hawwe! Richtig. Aber »ä G'sicht« hatte sie eben nicht, damit musste sie sich abfinden.

Irgendwo in der Welt gab's vielleicht doch irgendeinen Menschen, der auch ihren »Kopp« und ihr Wesen liebte, irgendwo – hier nicht. Aber irgendwo, draußen in der Welt. –

Wenn Sie hinausginge in die Welt? Ihr Herz fing an mächtig zu schlagen und sie getraute sich gar nicht den Gedanken auszudenken, schielte nur von fern nach ihm.

In die Welt!

Der nächste Tag war ein Sonntag und der erste April. Ein herrlicher, sonniger Frühlingstag, der wie ein Gottesgeschenk heruntergefallen war nach all den rauen, eisigkalten Märztagen.

Sannchen war schon in aller Frühe auf, ganz gegen ihre Gewohnheit und trällerte in den Stuben umher. Schon um 10 Uhr flog sie im hellen Kleide die Straße hinab und Pimpernellche schaute ihr nach, es war etwas von ihrem alten mütterlichen Stolz in dem Blick.

Da ging sie hin, etwas tänzelnd, frisch, elastisch, ganz Frühling, ganz Leben. Ein paar Studenten sahen sich nach ihr um, ein Herr blieb stehen, es war ein Triumph für Pimpernellche sich sagen zu können: »Dieses schöne Geschöpf will ihn nicht und er leidet deshalb.«

Unaufmerksamer und gleichgültiger hatte sie nie gekocht und wichtiger war sie sich auch nie erschienen. Sie fühlte sich vor einem neuen Lebensabschnitt stehen, sie wollte ihr Joch abschütteln, der Gedanke benahm ihr Hirn so, dass sie ganz konfus war.

»Schote!«, sagten die »Buwe«, mehr gestatteten sie sich nicht ihrer Konstitution halber, die nicht auf Alterationen berechnet war. Sie waren kurz und langsam in den Bewegungen, im Gymnasium schlugen sie auch durchaus kein schnelles Tempo an, sondern hatten immer Treue gezeigt in Beibehaltung derselben Klasse.

Es wurde ein denkwürdiger Sonntag für den »Schote«.

Das Denkwürdige war nicht, dass Franz gleich nach Tisch kam um die Brüder abzuholen, und bei der Gelegenheit eine lange Standrede an Pimpernellche hielt, an deren Schluss Sannchen in ein echtes, ungezogenes Kinderlachen ausbrach, das Denkwürdige war auch nicht, dass sie sich dabei höchst korrekt, nein »stählern« hielt, obwohl das wohl schon ans Denkwürdige grenzte.

Denn wie sie Franz behandelte! In Gegenwart aller sagte sie: »Sie« (*Sie* sagte sie!) »werden sich noch viel an- und viel abgewöhnen müssen«, machte eine hochmütige Bewegung mit dem Kopf und ging. Im Schlafzimmer vor dem Spiegel machte sie's nach.

Gehalten wie eine Heldin! Aber elend und käseweiß sah sie aus, es hatte sie doch aufgeregt. Jetzt wusste sie aber, dass sie das Zeug in sich hatte zu etwas anderem, dass sie keine feige, unterwürfige Natur war, dass sie aufschäumen, verachten konnte – und war sie auch nicht aus dem Holz, aus dem man Königinnen schnitzt, so war doch etwas von dem Holz in ihr, aus dem man Heldinnen schnitzt, das fühlte sie. Nur Raum – nur Leben!

Die Mutter ließ ein großes Gezeter los über ihre zwei dummen »Gäns von Mädcher«; zum ersten Mal war sie ernstlich bös über ihr geliebtes Sannchen, weil sie den Einwilligen fortdauernd niederträchtig behandelte.

»Jetzt fangt die Anner aa noch an« schrie sie Pimpernellche an, »dass er jo de Leede kriecht, so dumm, so dumm! Sein Glück so mit Füße zu trete!« (das galt wieder Sannchen, –) »meenscht Du die Verehrer fallen vum Himmel?«

Das Thema Verehrer war so unerschöpflich, dass Sannchen bei der ersten besten Gelegenheit verschwand. Nun brummelte die Mutter weiter, bis sie sich endlich in den Schlaf gebrummelt hatte, und noch im Schlaf behielt sie eine äußerst missbilligende Miene. Im ganzen Haus regte sich nichts. Sannchen war im schönsten Staat ausgeflogen, vorher die Buwe mit Franz, nachdem sie ein Rüchlein schlechten Knasters hinterlassen, das trotz der weit geöffneten Fenster nicht weichen wollte. Pimpernellche ging in den Zimmern hin und her, und wenn sie an einen Spiegel kam, streckte sie sich und blinzelte hinein, wie ihr die Verachtung zu Gesicht stünde. Kam sie an das Bücherregal, so warf sie einen Blick halb der Trauer und halb des Mitleids auf »Dreizehnlinden«.

Fahrwohl Elmar, fahrwohl schöner Traum, fahrt wohl Jugend und Märchen! Ausgeträumt ist für mich, und das *Leben* beginnt.

»Halte die Augen offen, Einsame, Unerfahrene, hüte dich!«
So hatte sie heute Morgen in ihr Tagebuch geschrieben.

Es war eigentlich kein richtiges, sondern ein altes französisches Schreibheft mit einigen *verbes irréguliers*, letztes Zeichen ihrer Liebe zur Wissenschaft! Sie hatte geschwankt, ob sie das halbausgeschriebene in der Wirtschaft oder im Dienst der idealeren Sache verwenden solle und sich für das Letztere entschieden, natürlich ließ sie ein weißes Blatt zwischen dem letzten *verbe* und ihren jetzigen Gedanken.

»Lerne zu vergessen und Stärke zu gewinnen« schrieb sie als zweites, schon eine Stunde danach. Sie hatte zuerst schreiben wollen »um stark zu werden«, aber »Stärke zu gewinnen« machte sich doch viel besser, sie hatte immer »eins« im Aufsatz erzielt.

Plötzlich blieb sie vor den Büchern stehen. Ein altes, schöngeistiges Fräulein, zu dem sie manchmal kam, hatte ihr neulich einen Band Bourget gegeben; natürlich hatte sie nur aus Höflichkeit genommen, denn Bourget – nein! Nun betrachtete sie den geschmackvollen Einband nachdenklich.

Neues Leben, neue Bücher, und wenn es zu gefährlich wurde, konnte sie ja immer aufhören. Und sie setzte sich in großer Spannung ans Fenster und begann zu lesen, eifrig, alles ringsum vergessend.

Die breite Straße zogen eine Menge sonntäglich geputzter Menschen hinunter nach den Anlagen, man hörte ihr Schwätzen und Lachen deutlich im Zimmer. Aber Pimpernellche sah und hörte nichts, sie saß mit rotem Kopf, das Buch nah an ihre kurzsichtigen Augen gerückt, und staunte über den Zauber, der aus ihm emporstieg. Plötzlich irritierte sie etwas, sie wurde durch irgendetwas in ihrer Lektüre gestört, widerwillig, wie unter einem Zwange musste sie von dem Buch aufschauen und ihre Augen nach der Straße richten. Und das Denkwürdige begann. Ihrem Fenster gegenüber, mit dem Rücken gegen die breite Haustüre drüben gelehnt, stand ein Mann, der starr nach ihr blickte, der schon geraume Zeit nach ihr geblickt haben musste.

Pimpernellche wurde unruhig. Sollte das ihr gelten? Sie erhob sich schnell, bog sich weit aus dem Fenster und sah die Straße links und rechts hinauf – überall alle Jalousien geschlossen. Schnell setzte sie sich wieder mit der Empfindung sich blamiert zu haben, und verkroch sich hinter die Blumenstöcke. Aber durch die grünen Blätter sah sie mit halb zugekniffenen Augen nach dem vis-a-vis. Was wollte der fremde Mann? Er stand immer noch und starrte nach dem Haus.

Ein paar Vorübergehende schauten ihn neugierig an, weil er so hartnäckig an das Tor gelehnt stehen blieb, so was tat man nicht in der Stadt! Da begann er langsam die Straße hinabzuschlendern, gestoßen und gepufft von den Nachkommenden, die es eiliger hatten als er.

Welch' vornehme, nachlässige Bewegungen! Welch' aristokratische Erscheinung! Wie er hervorstach unter den Biedern mit ihren in der Vaterstadt gebauten Röcken! Er fiel ganz aus dem Rahmen im Schnitt seiner Kleidung, im ganzen Gebaren ein Großstädter, wie aus ihrem Roman gestiegen, ja, ganz so!

Unbewusst ihrer alten Neigung getreu, wurde er gleich mit einem Nimbus umgeben, nicht mehr der Held Elmar freilich, ein anderer Held, ein Großstadtmensch, ein Gehirnmensch, ein verfeinerter Mensch, und sie musste lächeln, wenn sie an Elmar-Franz dachte, den Dandy ihrer Heimat, der in seinen Kleidern steckte wie die pralle Wurstfülle in der Haut. Erfahrungen musste man haben, vergleichen können!

Was er nur hatte, dieser Großstadtmensch, dass er sich das Haus so angelegentlich betrachtete? Sie hatten's zwar zum Verkauf ausgeschrieben seit Jahren, aber was sollte dieser vornehme Mann mit diesem Haus?

Einen Augenblick dachte sie an die goldlockige Schwester, aber die war ja fort, amüsierte sich draußen und zudem war sie fest versorgt, wie sie seit gestern wusste.

Jetzt kehrte er auch noch um, wahrhaftiger Gott! Und wieder ging er auf das Haus zu, und seine Schritte verlangsamten sich, und wieder fixierte er das Fenster. Sie hielt den Atem an: Ging er weiter?

Kaum zwei Häuser weit war er gekommen, so schaute er sich schon wieder um. Sie kam sich recht albern vor mit ihrem Versteckspielen und stellte sich aufrecht ans Fenster:

Ent- oder weder, wie die Herrn »Buwe« zu sagen pflegten. Wollte er etwas – gut, wollte das Leben etwas von ihr, hier stand sie, mit klaren Augen, ohne Beben wollte sie allem ins Antlitz schauen.

Er ging quer über die Straße, das sah sie; sein Überzieher war hellgelb und der Anzug schwarz, dabei trug er einen Zylinder und einen Kneifer mit breitem Rand, das stand fest. Aber nun wurde sie schon unsicherer, denn er näherte sich ihr immer mehr, und jetzt – war er beinah dicht unter ihrem Fenster, sie hätte fast seinen Zylinder greifen können, und er sah sie an, lange, eindringlich.

Was sagten denn seine Augen? Um Gottes willen, was sagten sie? Eine Frage war drin, eine dringliche, gespannte Frage – und sie, sie verstand ja nichts, rein nichts, hilflos war sie diesen großen, tiefliegenden Augen gegenüber, die sie in einem fort förmlich anflehten –

Da hob er den Hut, ehrerbietig und resigniert, die Augenlider unter dem Hornkneifer gesenkt, entfernte er sich rasch, ohne noch einmal umzusehen. Pimpernellche hätte sich die Haare ausraufen mögen, da ging es vorbei, das heiße, reiche Leben, und sie hatte die ausgestreckten Hände zurückgezogen! Wusste sie doch nicht einmal, ob sie für seinen Gruß gedankt hatte! Wars nun für immer vorbei? Hatte sie, die Ungeschickte, Unerfahr'ne ihn etwa verscheucht?

Die Stirne hätte sie sich zerschlagen, sich die Kleider vom Leib reißen mögen, über sich herfallen, sich austoben – da war er ja der Prinz, und er hatte ihr etwas gewollt, ihr, ihr!

Die ärgerliche Stimme der Mutter, die sie schon ein paarmal gerufen, brachte sie wieder zu sich. Sannchen hatte bei ihrem eiligen Weggang alles im Schlafzimmer kunterbunt durcheinander geworfen, die Mutter hatte die Verwüstung gesehen und Pimpernellche musste natürlich wieder Ordnung machen.

Beim Anblick der offenen Schubladen kam ihr das nächtliche Bild wieder, – am Ende war er –? – die Photographie in des Kindes Hand, sein leidenschaftliches Gebaren –

Die obere Schublade war unverschlossen und Pimpernellche begann mit zitternden Fingern alles zu durchwühlen.

Was sie sonst als eine Gemeinheit verachtet hätte, erschien ihr jetzt als ein Akt der Notwehr, als Selbsterhaltungstrieb; sie durchsuchte jede Ecke und fand endlich in einem Päckchen Briefe einen festen, steifen Gegenstand, die Photographie.

Sie zog sie rasch vor, fast hätte sie aufgeschrien, *nein*, nein, er war es nicht!

Ein blutjunges Bürschchen, mit einem Anflug von Schnurrbart, dunklen, kecken, etwas vorstehenden Augen, im Ganzen ein ziemlich eigenartiger, mehr fremder Typus.

Diese zwei Kinder! So jung, so jung! Eine Welle von Zärtlichkeit überflutete Pimpernellches Herz, wie eine Mutter fühlte sie für die junge, unerfahrene, leichtsinnige Schwester und aus einer mütterlichen Regung griff sie zum obersten Briefe und las ihn.

Oh, das waren keine Kinder mehr, die das schrieben, das waren Menschen, die die Liebe kannten. Und das hatte das kleine Schwesterchen verstanden, ohne sich Belehrung zu holen bei ihr oder bei der Mutter? Das war ihr ins Herz gepflanzt. Das kam also wie der Sturmwind, wie das Unwetter über die Kinder der Welt –!

Und Pimpernellche lief an ihr Tagebuch und schrieb mit Schauern vor der Gewalt der Liebe, die gebraust kam wie die Windsbraut: »Und kommt die Liebe, so beuge Dich in Demut, aber breite die Arme aus und schreie, *schreie* wie einst die entflammten Krieger schrien, die ins Heilige Land zogen: »Gott will es, Gott will es.«

Mit Ehrfurcht legte sie das Päckchen Briefe zurück, schloss sorgfältig ab und steckte den Schlüssel ein, damit kein Profaner die Stätte der Liebe entweihe.

Der Tag blieb sonnig, warm und klar, und das Licht drang auch am Abend noch kräftig durch die Fenster.

Wie eine glühende Verheißung lohte der Brand am westlichen Himmel und noch lang, nachdem die Sonne gesunken, zogen sich blutrote Bänder über den dunkeln Horizont, allmählich verlöschend. Es war schon fast ganz Nacht, als Sannchen nach Haus kam, hinter ihr die Buwe.

Die Mutter hatte die ganze Zeit am Fenster gesessen und gespannt die lange Straße hinabgeschaut. Sie war sehr unwillig und empfing Sannchen mit Schelten über ihr spätes Nachhausekommen.

»No sin mir nit Kawalier genung?«, meinte »Kall«, der Ältere, der immer den Wortführer machte.

»No un der Franz?«, fragte die Mutter entgegen.

»Der Franz, ha, der, der is heem.«

Mehr war nicht herauszubringen, aus allen Dreien nicht, verstimmt schien Sannchen und verstimmt war die Mutter, sodass man bald zu Bett ging, die Mutter, nachdem sie lang vergebliche Versuche gemacht, Sannchen ins Gebet zu nehmen.

Als alles dunkel war und die Mutter laut schnarchte, – sie hatte immer einen guten Schlaf, obwohl ihre Hauptbeschäftigung unter Tags der Halbschlummer war – tastete sich Pimpernellche an Sannchens Bett. Sie kam halb als die Mutter, die Sorgende, Mitfühlende und halb als die Unsichere, die Unwissende, als die Einsame, die es nach Mitteilung verlangte, die voll Ratlosigkeit war.

Sannchen stellte sich zuerst schlafend und wollte die Schwester gar nicht verstehn, erst als sie von dem vergessenen Schlüssel hörte, rückte sie bereitwilligst im Bett, ja sie zog Pimpernellche mit offenbarer Hast hinein und mahnte sie leise zu sprechen. Zuerst stellte sie sich allerdings, als verstünde sie nichts, allmählich aber wurde sie zutraulicher und zuletzt fing sie zu weinen an.

Sie hatten sich heute gezankt, Franzens wegen, der sich so aufdringlich benommen. Sie war ungezogen gegen Franz gewesen und dann auch grob mit *ihm*, und er war ihr jetzt bös.

»Wenn nur der Franz nix der Mutter sagt! Wenn's nur niemand im Institut erfährt! Die Buwe sagen ja nix, die wissen's schon lang« – und plötzlich warf Sannchen ihren Kopf hin und her, und es überfiel sie eine Art Wut, dass sie anfing laut und heftig zu reden. Oh, wenn sie nur nicht so jung wären! Sie noch im Institut! Wie wenn das nach dem Alter ginge! Wie wenn sie sich nun nagelsgroß um das Lernen schere, wie wenn sie sich je darum geschert hätte! Und er wollte das gar nicht. Ihm war's egal, was sie im Kopf hatte, Gelehrsamkeit oder keine, wenn sie ihn nur liebte. Aber nun der Streit, die Eifersucht.

»Wenn ich 'n nur jetzt heiraten könnt'! Nur nit warte!«

Pimpernellche tröstete und streichelte Sannchen und war ganz erstaunt, dass aus dem halbphlegmatischen Kind solch eine Unrast geworden war. Aber das Trösten empörte sie nur und sie schrie Pimpernellche an: »Glaabscht dann ich krieg wieder so E'n'n?«

Und sie schrie so laut, dass die Mutter wach wurde und fragte was denn wäre. Da blieben sie mäuschenstill und krochen unter die Decke, bis alles ruhig war, dann fing Pimpernellche an zu erzählen, stockend und voll Scham, sie beschrieb den Fremden, deutete auch sein merkwürdiges Gebaren an. Jetzt wurde Sannchen interessiert. Sie setzte sich in die Höhe, stützte sich auf die Ellenbogen und verlor kein Wort der Schwester. Nein, sie wusste nicht, wer er war, sie kannte sonst alle jungen Herrn in der Stadt, es musste ein Fremder sein; und sie hörte eifrig zu.

Als aber Pimpernellche gar nicht aufhörte und dem jungen Blut wirklich der Schlaf kam, gähnte Sannchen laut und bald schlief sie fest.

Pimpernellche verließ sie enttäuscht. Nein, sie hatte keine Gemeinschaft mit der Schwester, die empfand und handelte anders, auch die schwersten Sorgen dauerten nur Augenblicke für sie. Ihr Leben würde wohl sonniger, heiterer sein, als das ihre! –

Die nächsten Tage stand Pimpernellche viel am Fenster, und auch wenn es Nacht wurde, konnte sie sich nicht entschließen ihren Posten zu verlassen, es waren lichte, weiße Mondscheinnächte und die Straße hell wie am Tag, so dass sie oft bis zehn Uhr stehen blieb und hinausschaute, doch niemals sah sie ihn. –

Eines Abends kam Sannchen hastig nach Haus gerannt, ganz gegen ihre Gewohnheit, sie liebte eher ein bequemes Schlendern; geradewegs in die Küche kam sie, wo sich Pimpernellche mit der Zubereitung eines Härings beschäftigte, was ihr ein Gräuel war.

»Du, ich hab'n g'sehe!«, rief sie triumphierend, ganz nach Kinderart diesmal.

»Wen?«, fragte Pimpernellche, obwohl sie's wusste und dunkelrot geworden war.

»Wen?«, machte Sannchen, fast geärgert, »natürlich den vom Sonntag. Er war vorm Institut, und mir sin all in eener Reih' gange', die ganz Straß' hawen m'r gebraucht. Er hat uns awer ä Kompliment gemacht! Wie vor'm Ferschte! Die Annere hawen zu kichere angefange, aber ich hab'm fein gedankt. G'rad so war er angezoge wie am Sonntag, und die Kläre sagt, er hätt' uns alsfort uff die Füß geguckt. Es is awer aach ä Skandal, ä paar hawen noch so kurze Röck –! – unn ä Maler is er, nun Herr von Reitz heeßt er, des weeß ich alles!«

Damit machte sie Pimpernellche einen spöttischen Knicks und war wieder verschwunden. Pimpernellche schlief mit seligen Gedanken an ihn ein und nahm am nächsten Morgen seufzend ihren großen Marktkorb, um einzukaufen.

Wenn *er* sie so sähe! Sie tröstete sich damit, dass junge Herrn seines Schlages kaum vor neun Uhr schon Toilette gemacht und gefrühstückt haben könnten. Sie stellte sich natürlich vor, wie er im elegantesten Zimmer des ersten Hotels in einen seid'nen Schlafrock »gewickelt« seine Schokolade »schlürfte« und seine »feinen, wohlgepflegten« Hände die Briefe und Zeitungen musterten.

Da! – o Schrecken über Schrecken, da kam er! Sie blieb wie angewurzelt stehen, in echt weiblicher Schlauheit ließ sie den großen Korb zur Erde gleiten und stellte sich, wie wenn sie die Blumen der Verkäuferin mustere. Das Blut drohte ihre Backen zu sprengen, die Knie zitterten, sie verstand kein Wort der Verkäuferin, der ganze Markt drehte sich um sie – da hörte sie eine Stimme, aufschauen konnte sie nicht, *seine* Stimme, zuerst in gleichgültigem Handel mit der Verkäuferin, – er wählte einen großen Strauß Veilchen, – dann zu ihr gewendet in leisem, ehrerbietigen Ton:

»Gestatten Sie, mein gnädiges Fräulein?«

Und wirklich, sie brachte es fertig, sie schaute ihn an. Schön sah sie im Augenblick nicht aus, so dunkelputerrot, mit unsicherem Blick und dem krampfhaft zum Lächeln verzogenen Munde, aber: »lächle, lächle, verscherze Dein Glück nicht, halte Dich aufrecht, bedenke, aus welchem Holz Du bist!«

Und sie hielt sich kerzengrade, sie schaute ihn an mit gewaltsam aufgesperrten Augen, ungefähr so wie man in die Sonne schaut. Ungefähr so viel sah sie auch von ihm, was man von einem Blick in die Sonne sieht, sie streckte die Hand nach den Veilchen aus, sie versuchte sie mit bebenden Fingern an ihrer Taille zu befestigen, sie brachte ein freudiges und doch gemessenes »Oh, danke!«, zustande und erwiderte auf seine Vorstellung mit einer regelrechten Verbeugung. Also wirklich

Künstler? Ihr Herz hüpfte unter einem Tusch von Trompeten, unter Flöten und Zimbelgetön. Ja sie stand mit Hoheit vor ihm, aber endlich entschloss sie sich zum Gehen.

»Würde Ihnen meine Begleitung lästig sein?«, frug er in einem warmen, dringlichen Flüsterton, der sie verwirrt machte und sich um sie schloss wie weiche, schwüle Luft.

Da sie nicht gleich antwortete, fragte er noch einmal: »Gestatten Sie, gnädiges Fräulein?«

»Bitte!«, sagte sie gepresst. Wie gern hätte sie ihren Jubel in den Morgen hinausgeschrien, aber das ging doch nicht!

In vornehmem Schweigen blieb er an ihrer Seite.

»Sie! Sie! De Korb! Ehr'n Korb!«, kreischte ihr die Verkäuferin nach.

Pimpernellche wandte sich um und winkte ihr ab, doch schon war er an dem Stand, nahm den Korb und überreichte ihn mit einer Verbeugung.

Sie blieb stehen, fassungslos und rot vor Scham.

»Aber, Sie, – Sie werden doch nicht mit mir gehen wollen, wenn ich –«

Er mit Ernst und Würde: »Beruhigen Sie sich doch, gnädiges Fräulein, mir gelten Äußerlichkeiten nichts! Die Seele einer Fürstin kann im geringsten Gewande stecken, und ich suche nur die Seele.«

»Und glauben Sie bei mir eine schöne Seele zu finden?«

»Ja, sicher; dafür bürgt mir die königliche Linie Ihres Nackens.«

Sie beugte diesen »königlichen Nacken« tiefer. Welch' eine Sprache! Welch' ein Mann! Und das war nicht etwa im Ton eines albernen Komplimentes gesagt.

»Ich bin nur ein Aschenbrödel.«

»Wissen Sie nicht, was aus Aschenbrödel geworden ist?«

»Ja, oh ja – aber es gibt keine Prinzen.«

»Wenn es echte Aschenbrödel gibt, warum sollte es keine echten Prinzen geben? Doch wir sind gleich an Ihrem Heim,

69

und ich habe Ihnen nicht einmal erklärt, warum ich mir die Kühnheit erlaubte Sie anzusprechen. Könnten sie es nicht ermöglichen, einen ganzen Nachmittag von zu Hause weg zu sein, um einen Spaziergang zu machen? Ja? Ich würde Ihnen sehr dankbar sein. Und nehmen Sie Ihr reizendes blondes Schwesterchen mit, es wird sonst nicht gut gehn in der kleinen Stadt, Sie verstehen?«

»Vollkommen. Ich will es gern tun, und teile es Ihnen noch *poste restante* mit, nicht?«

»O ja, bitte!«

Dabei fasste er ihre Hand – zum Glück hatte sie ihre besten Handschuhe an und nicht diese ekelhaften Zwirnhandschuhe, die sie sonst an Markttagen trug, und sah sie an. Der Blick! – Und wie seine Hand die ihre umfasste! Alles hätte sie für ihn getan, und wenn er ihr in dem Augenblick einen Dolch vorgehalten hätte, so – so – immer näher und dann hinein mitten ins Herz, sie hätte Stand gehalten, sie schon.

Ob sie wirklich als irdisches Weib zur Haustüre hereingekommen, oder ob sie geschwebt war, wusste sie nicht. Zum Glück stand der Küchenstuhl parat, sie fiel geradewegs darauf nieder, dann stellte sie den Korb mit einer Zärtlichkeit hin, wie wenn sie *ihm* eine Zärtlichkeit erwiese. Dass er leer war und sie ihre Pflichten gröblich verletzt hatte, bemerkte sie in ihrer Verzückung nicht. Ihre Gefühle regten die Flügel und schwangen sich auf und rauschten mächtig. Sie hätte die Arme ausbreiten mögen in Ekstase und weinen und schluchzen und schreien vor unsagbarem Glück.

Der Samstag war gekommen, der große Tag, den sie Herrn v. Reitz bestimmt. Sannchen hatte etwas gönnerhaft zugesagt unter der Bedingung, dass sie auch in Begleitung erscheinen dürfe. Sie war überhaupt etwas überrascht über Pimpernellches Eroberung, wenn auch nicht gerade freudig, und gab von Zeit zu Zeit skeptische Äußerungen von sich wie: »der kummt doch nit«, oder »was will dann der?«

Sie hatte vorgeschlagen nach dem stillen Tal zu wandern, das die Buwe so sehr liebten, denn dort kannte sie alle verschwiegenen Pfade.

»Meiner kummt erscht weiter drauß' zu uns« erklärte sie Pimpernellche, als sie sich dem Ort des Stelldicheins näherten.

»Drück Dich doch nicht so vulgär aus« tadelte Pimpernellche.

Wie konnte man so von einem Menschen reden, den man liebte! »Meiner!«, wie eine Köchin sagte sie das.

»No – o?«, machte Sannchen, ganz erstaunt, hatte sie denn so was Schreckliches gesagt?

»Ach, Du verstehst mich *doch* nicht«, wehrte Pimpernellche seufzend ab. Jaja wie waren sie verschieden! Es überkam sie eine gelinde Furcht. Was würde er denn zu dem mehr als unbekümmerten Wesen ihrer Schwester sagen? Sie begann sich fast ihrer zu schämen.

Der Ort des Stelldicheins lag still und verlassen. Niemand war weit und breit zu sehen, sie sah sich hilflos um, und Sannchen warf geringschätzig die Lippen auf und machte das impertinent entzückende Mäulchen, das die Mutter immer zu dem Begeisterungsausruf hinriss: »Du Krott du! Du liebi Krott!«

Sannchen zerrte an Pimpernellches Ärmel, als sie warten wollte.

»Schäm' Dich! Gewart' werd nit. Er soll zur rechte Zeit kumme.«

Doch während sie das halbwiderstrebende Pimpernellche fortzuziehen suchte, kam er plötzlich hinter einem Baumstamm vor, wo er offenbar schon eine Zeit lang gewartet und die Damen beobachtet hatte. Er kam so nonchalant seines Wegs, wie wenn er sie eben erst erblickt hätte, seine Miene drückte Hochachtung und Reserve aus, er stellte sich mit tiefem Neigen der Kleinen vor und wandte sich dann gleich an Pimpernellche.

»Gnädiges Fräulein haben doch nicht etwa gewartet? Ich wäre unglücklich!«

»Nein – o nein« stotterte die Verlegene, die noch immer auf demselben Platz vor ihm stand, zaudernd, ob er ihr die Hand nicht reichen werde. Er tat es nicht, er blieb reserviert, höflich, kühl, und doch erschien er ihr gerade so noch viel anbetungswürdiger, wenn auch viel ferner.

»Doch, wir haben gewart't« protestierte Sannchen ganz in ihrem gewöhnlichen respektlosen Ton. Respekt, so was kannte sie einfach nicht. Sie musterte ihn. Nichts von seinen Stiefeln angefangen bis zu seinem Zylinder entging ihr.

»Ich bin nämlich nit gewöhnt zu warte!«, machte sie schnippisch und fing an vorauszugehen, kehrte sich aber gleich darauf halb lachend wieder um, und die volle Sonne ihrer neckischen Heiterkeit fiel auf den Fremdling.

»Ich bin auch nit an solche Herrn gewöhnt, vielleicht haben's die im Brauch –«

»Verzeihen Sie!«, bat der Maler, »ich wäre untröstlich über Ihre Ungnade!«

»So arg is es nit« warf sie ihm unter Lachen zu, und da sie immer schneller vorausging, folgte er ihr auch immer schneller.

»Was ist nicht so schlimm?«, fragte er in leiser, eindringlicher, bedeutungsvoller Art, ihr ganz nah, die den Kopf immer noch halb nach ihm umgedreht hatte, »was ist nicht so schlimm die Ungnade oder –«

»Ich weiß nit. Sie brauchen übrigens auch nit alles zu wisse!«, dazu wackelte sie etwas ungnädig mit dem Kopf, schaute ihn noch einmal von der Seite an und sprang dann rasch voraus.

Er kehrte sich sofort zu Pimpernellche, sah ihr tief in die Augen, dämpfte seine Stimme, es klang ganz geheimnisvoll, wie er das sagte:

»Und Sie, mein gnädiges Fräulein, wie geht es Ihnen? Ich habe die Tage gezählt bis heute –«

»Ich – ich auch.« Pimpernellche versuchte aufzuschauen, sah aber gleich wieder weg. Sie war förmlich unsicher im Gehen, sie ging wie in einem heißen Winde, der sie halb erstickte, dabei schlug ihr Herz, und war voll unsinnigen, unbegreiflichen Glücks. Sie war wie gelähmt, eine fremde, fast unheimliche Macht hatte sie erfasst –

»Ihr Fräulein Schwester, erwartet sie jemanden, weil sie uns so vorauseilt?«

Wieder dieser warme, bedeutungsvolle Ton.

Sie sah ihn an, das heißt sie machte einen Versuch, seinen Augen Stand zu halten.

»Nein – das heißt ja, ja natürlich.«

»Oh! – Ihre Schwester hat einen Geliebten?«

Wie er das Wort aussprach »Geliiiebten«. Aber es befremdete, verletzte sie. Einen Geliebten!

»Sie ist heimlich verlobt.«

»Ja, das meinte ich, gewiss; aber ist das nicht schöner, der Geliebte?« Und er beugte sich zu Pimpernellche nieder.

In diesem Augenblicke tauchte an der Wegbiegung der besprochene Jüngling auf, schaute sich kurz um, ohne zu grüßen und schritt neben Sannchen ganz selbstverständlich weiter.

Der Maler hatte sich schnell aufgerichtet, er stieß einen merkwürdigen, Pfiff ähnlichen Laut aus, seine Nasenflügel dehnten sich, dann lachte er, ein gedämpftes, fast gutmütiges Lachen.

»Ich liebe Hindernisse sehr, das spornt unendlich an.«

»Sie meinen die große Jugend der beiden? Aber die Liebe –« Pimpernellche schaute ihren Begleiter diesmal wirklich an, er aber achtete ihrer nicht, lachte nur vor sich hin.

»Er ist sehr vermögend, ein Serbe glaub' ich«, fuhr Pimpernellche fort.

»Desto besser lohnt sich's« rief er lebhaft. Dann schwieg er eine Zeit lang.

»Es stecken viele Möglichkeiten in Ihrer Schwester.«

»Wie meinen Sie das?«

»Ich werde es Ihnen später erklären, später«, er sprach wieder in dem Ton, der Pimpernellche Schauer über den Rücken jagte, »wenn ich Sie besser kenne. Aber bis dahin, versprechen Sie mir, – ja wollen Sie das? – dass Sie nur gut von mir zu Ihrer kleinen Schwester sprechen. Und erzählen Sie ihr nur von mir, viel, recht viel, es wird Ihnen gut tun, oder – fällt Ihnen das schwer?« Er beugte sich über sie, suchte ihre Augen, hielt ihr die Hand hin.

»Wollen Sie mir nicht Ihre Hand darauf geben?«

Er nahm die Hand, strich leise darüber und drückte sie lang und innig.

»Sie haben eine schöne Hand.«

»Oh, ich bin überhaupt nicht schön.«

Er zuckte die Achseln. »Das kommt darauf an, was man unter Schönheit versteht. Sie werden jedenfalls einem Manne unendlich viel zu geben haben. Sie sind eine jener ernsten, glühenden Naturen, ernst und glühend in der Liebe. Glauben Sie, ich hätte das nicht gleich erkannt?«

»Ich könnte für meine Liebe, wenn ich mit ganzer Seele liebte, in den Tod geh'n!«, rief Pimpernellche, ihr Gesicht sah ganz verklärt aus.

»Das verlangt ja die Liebe selten; aber Sie wären gewiss zu Opfern bereit?«

»Ja« stammelte Pimpernellche, etwas verwirrt und erschreckt von seinen Fragen.

»Wenn ich z.B. von Ihnen verlangte –« er brach plötzlich ab. »Wo ist Ihr Fräulein Schwester? Eben ging sie noch vor uns.«

»In den Seitenweg wird sie eingebogen sein, ja, sehen Sie? Doch wie, wie wurden Sie eigentlich auf – mich – aufmerksam – warum?«

Er schien ihre Frage überhört zu haben, das heißt, er sprach fast zu gleicher Zeit mir ihr.

»Haben Sie schon geliebt?«

»Ach das war keine Liebe!«

»Wenn Sie nie geliebt haben, können Sie sich denken, wie es einem Manne zu Mut ist, der ein Wesen begehrt?«

»Oh, ich kann es fühlen!«

»Jetzt?«

»Ja, jetzt!«

»Ich danke Ihnen.«

Sie waren eben an der Wegbiegung, und er nahm ihre Hand und bedeckte sie mit Küssen. Auf die Knie hätte sie sich werfen, ihm danken mögen, alles, alles hätte sie für ihn tun können, das größte Opfer bringen. Ja das war der Sturmwind, die Macht, das Unheimliche, das war die Liebe.

Vor dem kleinen Restaurant, das am Ende des Seitenweges lag, standen Sannchen und ihr Verehrer unschlüssig und in schlechter Laune bei dem Wirt, einem von »drüwwe rüwwer«, der, seine Mütze schwingend, die schönsten Kratzfüße machte.

»Wollen Herrschaften nicht Platz nehmen im Garten?«, und mit einer kühnen Schwenkung versuchte er sie auf den kahlen, mit Kies bestreuten Platz hin zu bekomplimentieren, den er Garten nannte und auf dem eine Schar Hühner ihr Wesen trieb.

»Ich will awer nit herauße bleibe«, erklärte Sannchen eigenwillig.

Der Verehrer kehrte sich halb um, achselzuckend und sah angelegentlich nach der Blitzableiterstange auf dem Hause und dann mit einem halb resignierten, halb mokanten Lächeln auf Pimpernellche und den Maler, die auch unschlüssig herumstanden.

»Natürlich geh'n wir hinein, wenn Sie befehlen«, beeilte sich Herr v. Reitz tadellos höflich zu versichern.

»Befehlen! – ich befehl' gar nix, ich will nur. Ihr könnt ja herauße bleibe, awer ich geh ins Zimmer.«

»Ich will nur« murmelte ihr Freund sarkastisch nach.

»Was?«, fuhr sie ihn scharf an.

Daraufhin trat Herr v. Reitz gleich zu ihnen, um sich dem Studenten vorzustellen. Der griff mit der den Pfälzern so gut stehenden Verachtung für Höflichkeit und gute Manieren ein wenig an den Hut und murrte seinen Namen, sich Pimpernellche vorzustellen fiel ihm in Anbetracht derselben Eigenschaften nicht ein.

»Wir geh'n also ins Zimmer« wandte sich der Maler zum Wirt.

»Aber Herrschaften wollen bedenken, Herrschaften seien nicht allein dort, seien andre Herrschaften im kleinen Zimmer und das große ist nicht für feine Herrschaften« entschuldigte sich der verlegene Wirt.

»Ich will ins Zimmer« erklärt Sannchen, machte ihr entzückendstes Mäulchen dazu, und stieg schnell voraus. Sie wollte doch sehen ob ihr die andern nicht nachkamen!

Der Wirt ließ sie, immer noch halblaut Entschuldigungen stammelnd, in ein kleines Hinterzimmer treten, das ganz dämmrig war von der Fülle der Weinblätter, die die Fenster umrankten. Drinnen saßen Drei vor einem großen Humpen und knurrten leis unter sich ob der Störung, bis auf einmal einer ein lautes »Donnerwetter« ausrief.

Sannchen drehte sich sofort um.

Die Buwe und der Einwillige, das ging gerade noch ab.

»Was tun dann Ihr da?«, schrie sie sie an, »nette Überraschung!« Der Einwillige war in die Höhe geschnellt mit all der Geschwindigkeit, die ihm seine körperliche Veranlagung gestattete, und hatte ungefähr vier Verbeugungen nach einander gemacht, bis die rote Farbe seines Angesichtes ins Bläuliche zu spielen begann, während die Buwe mit aufgestützten Ellenbogen liegen blieben und abwarteten.

Der Verehrer Sannchens murrte den Dreien einen Gruß zu und schlug seinen Hut an einen Nagel, gerade über dem Kopf von einem der Brüder, nicht ohne ihm, dem Bruder, merklich auf den Leib zu rücken. Ging denn heute alles schief? Pimpernellche schaute Herrn v. Reitz flehentlich an, sie hätte selbst nicht sagen können warum, nur, dass es sie wieder »tränelte«.

Der Maler fasste sich rasch. »Ihre Brüder?«, wandte er sich an Sannchen.

»Ja – aber dass Ihr nit meint, wir setzen uns an Euern Tisch!«, rief sie den Dreien zu.

»Aber warum nicht, gnädigstes Fräulein?«, besänftigte sie Herr v. Reitz, »wir haben alle Platz am Tisch Ihrer Herren Brüder, vorausgesetzt dass diese gestatten –« und mit dem vornehmen Ernst, den er immer mit solchen Handlungen verband, stellte er sich vor, wie wenn er erwachsene, gleichberechtigte Männer vor sich hätte.

Die Beiden sprangen auf, plumpsten aber gleich wieder schwer zurück, während der Einwillige wieder viermal mit Anstrengung dienerte. Dann rutschten die Buwen hinunter, indem sie den Humpen nachzogen, und schauten den Fremden an, um ihm anzuzeigen, dass sie Platz machen wollten.

»Wird uns eine große Ehre sein, eine große Ehre sein« wiederholte Franz unter erneuten Verbeugungen und setzte sich erst, nachdem alle am Tisch Platz genommen; Pimpernellche war in einem wahren Rausch von Entzücken über die höfisch liebenswürdige Art ihres Freundes.

Auch die Buwe schauten in ihrer Täppigkeit mit Verehrung zu dem Mann aus der Fremde empor, besonders nachdem er auf ihre Empfehlung hin Niersteiner hatte anfahren lassen und noch dazu gleich vier Flaschen auf einmal.

Und Franz sprang ein und das andere mal wieder auf und begleitete seine Reden mit Komplimenten, solchen Respekt flößten ihm die Kleider des Fremden – Wunder der Schneiderkunst, was war seine armselige Uniform dagegen? – und seine Manieren ein, bis ihm Sannchen zurief: »So bleibe Sie doch endlich sitze, es wird Einem ja ganz schlecht!«

Sie und ihr Verehrer saßen stumm und einsilbig neben einander, während der Maler mit leiser, eindringlicher Stimme mit dem erglühenden Pimpernellche sprach, und das Trio in der Ecke sich immer angelegentlicher mit dem Niersteiner beschäftigte.

Mitunter sprach er auch zu den Dreien, und zwar wie wenn er zu erwachsenen, erfahrenen Männern spräche, und das wirkte besonders auf die Buwe, die nie dergleichen erfahren, im Verein mit dem Wein, wie etwas ganz Exotisches; die jungen Leute fingen förmlich Feuer. Sogar der Einwillige vergaß seine unglückliche Liebe, den grausamen Goldengel, vergaß alle Qualen der Eifersucht und weihte sich in schöner, jugendlicher Begeisterung dem »edlen Fremden«, wie er in einem Toast zu sagen versuchte, dem »vornehmen Gast, der in ihrer Mitte Platz genommen«, und klang mit seinem Glas an das des Mannes aus der Großstadt an und »Prosit, Prosit Hoch Gesundheit!«, klang es rings wie bei einem Feste, und der Gefeierte saß da, still, ernst und bescheiden, füllte nur eifrig die Gläser und verschenkte Zigarren, trank den jungen Verehrern zu und fand noch Zeit, Pimpernellches Hand unter dem Tisch zu drücken.

Sannchen saß steif da und kaute an ihrer Lippe.

»Prost Sannche und Gemahl!«, schrie auf einmal einer der Buwe über den Tisch, laut lachend über seinen Witz.

Sie warf ihm einen bitterbösen Blick zu: »Kunststück so zu sein, bei dem viele Wein!«

»Sie lieben es nicht, wenn man lebenslustig ist?«, frug sie plötzlich der Maler.

»Jawohl lieb' ich des, aber ich müsst' mich schäme, wenn ich Wein bräucht', um so zu sein.«

»Können Sie wirklich das Leben lieben?«

»Ich? – ja, das tu' ich wann Sie's wisse wolle. Awer so ä Lebe nit. Ich will nit in so eem Wirtszimmer sitze uff dene harte Bänk', vorm ungedeckte Tisch in *solche* Kleider« – damit riss sie an ihrer Bluse herum, Tränen des Zornes und der Wut in den Augen.

Herr v. Reitz sah sie von der Seite an, es war ein eigentümlicher Blick, und er lächelte dabei. Dann sagte er abwehrend: »Ich finde es sehr nett!«, und rief gleich ein fröhliches »Prost« in die Ecke hinunter.

Es dunkelte sehr bald in dem dämmrigen Hinterzimmer, und als der Wirt die Lampe brachte, sprang Sannchen auf: »Ich hab genug, ich will geh'n!«

»Aber ich verstehe Sie nicht«, entgegnete ihr der Maler, »Sie müssten sich doch eigentlich amüsieren!«

»Eigentlich!« Sannchen hatte ein grobes Wort auf der Zunge, aber sie unterdrückte es, ihre Hände zitterten, so zornig war sie, und sie riss dem Studenten den Shawl aus der Hand, den er ihr reichte.

Dann pflanzte sie sich direkt vor Pimpernellche auf, – es war gerade, wie wenn sie die Rollen getauscht hätten – und sagte: »Mir müsse gehe, es werd dunkel.«

Pimpernellche nickte nur, lächelnd, visionär, erhob sich wie im Traum, schaute *ihn* an wie im Traum, ihr war alles gleich, dableiben oder fortgeh'n, wenn sie nur ihn sah, ihn hörte, ihn neben sich fühlte. Ganz gleich wohin und ging's in die Hölle, nur mit ihm, mit ihm.

Auch das muntere und ungleiche Kleeblatt der Drei entschloss sich zum Mitgeh'n, nach einer kurzen Revision der noch vorhandenen Weinreste.

Der Maler hatte Pimpernellche den Arm geboten und führte sie, wie wenn er eine Fürstin geleitete. Ihnen folgten die Drei, die langen Stangen von Buwe rechts und links und in der Mitte der kuglige, selige, gerötete Einwillige, und machten sie lange Schritte, so trippelte er schnell, aber Kurven gab's bei allen Dreien, nur waren sie nicht immer parallel, und das schien die Unterhaltung zu erschweren, sie kam gleich nach dem folgenden Zwiegespräch ins Stocken.

Der ältere und längere der Buwe: »*Den* G'schmack versteh ich awer aa nit«, er deutete nach dem voranschreitenden Paar und stieß Franz dabei an.

Der Einwillige: »No, ich weeß nit« – Pimpernellche erschien ihm seit der Fremde aufgetaucht in ganz anderem Lichte – »sie hot doch ehr' Qualitäte.«

Der jüngste und praktischste: »Is egal, im Wein *hat* er G'schmack, und des is for mich die Hauptsach'!«

Damit stimmten sie so sehr überein, dass ihnen alle unnötigen Reflexionen vergingen und sie in seligem Nachgenuss ein weinfröhliches Lied versuchten, das aber auch nicht parallel ging, genau wie ihre Kurven, und sich nur immer in einzelnen Pointen und Glanzlichtern, also förmlich nur markiert bemerkbar machte.

In dem kleinen Föhrenwäldchen gab's den ersten Halt. Der Maler und Pimpernellche stießen unvermutet auf Sannchen, die mit dem Verehrer vorausgegangen, nun aber allein da stand und wartete. »Nun, mein gnädiges Fräulein?«, fragte der Maler ohne jede Malice.

»Wo ist denn der Bulgare?«, fragte Pimpernellche, der Sannchen sehr ungelegen kam.

»Was Bulgare!«, erwiderte Sannchen grob –

»Oder Serbe« –

»Jo, er is vun Edekobe« – stieß Sannchen ungeduldig heraus, man fühlte, dass ihr das Weinen nah stand.

»Kein Serbe?«, fragte Pimpernellche, nun doch etwas interessiert. »Du sagtest doch –«

»Es hot m'r halt g'falle so.«

Währenddem war der impressionistische Gesang lauter geworden, im Licht des Lenzvollmondes, der groß und blass sich über die Föhrenwipfel hob, schob sich die gebrochene Linie der drei näher und näher.

»Is er ausgekniffe?«, schrie der ältere des edlen Brüderpaares, als er die Situation gewahrte.

Dem Einwilligen aber kamen im romantischen Vollmondlichte, das den Goldengel wie auf silbernen Grund vor ihn hinzeichnete, alle zärtlichen Regungen wieder. Er löste sich aus der Brüder Mitte und versuchte fest und stramm wie bei einem Parademarsch vor Sannchen zu treten und ihr den Arm zu bieten, und es gelang ihm; sie nahm ihn nach einigem Zögern und mit unwirschen Worten, aber sie nahm ihn.

»Er ist gut, er kann keine Kreatur leiden sehn« sagte der Maler leis zu Pimpernellche. Aber ihr entging der sonderbare Ton, in dem er sprach, sie dachte an anderes.

Da stand es neben ihr das Glück, es nur nicht vorübergehen lassen, die Hände nicht zurückziehen, nein, festhalten – und sie fand wirklich den Mut, die andern vorauszuschicken, sie verlangsamte das Tempo so, dass bald kein Ton der Vorausgehenden zu ihnen drang.

Mit unerbittlicher Macht kam die Liebe über Pimpernellche, immer geahnt, und unterjochte die Wehrlose mitten im Wald. Pimpernellche warf Hut und Sonnenschirm auf einmal von sich, sie schnellte sich dem Freund förmlich an die Brust, dass ihr langes, rotes Haar sich löste, sie umklammerte ihn, sie küsste seine Hände, sie schluchzte und bebte und stammelte: »Alles, alles für Dich, für Deine Liebe.«

Und er hielt dem Liebesansturm Stand mit der ihm natürlichen Vornehmheit. Er hob ihr Sonnenschirm und Hut sorgsam auf, half ihr das Haar ordnen, er zog fürsorglich ihren Arm durch den seinen und sagte mit zärtlicher Stimme zwar, aber mehr vorwurfsvoll: »Aber wir müssen geh'n, wirklich, wir müssen geh'n!«, und führte sie mit sanfter Gewalt weiter.

Doch die Schleusen ihrer Liebe waren geöffnet, unaufhaltsam quollen die Worte über ihre Lippen, ihre ganze Jugend, ihr Verlangen nach Liebe, ihre Enttäuschungen, bis *er* in ihr Leben getreten sei – die Stimme versagte ihr fast und sie hielt seine Hand festumklammert, sie hing förmlich an seinem Arm, dass er sie halb tragen musste, sie sah weder Weg noch Steg.

Desto sorgsamer waren seine Augen auf den Pfad gerichtet, er störte sie mit keinem Wort, mit keinem Druck der Hand, er brachte sie in stürmischem Tempo sicher zu den ihren, erreichte mit ihnen zugleich das Haus.

Als das Tor zugefallen war, fingen die Buwe in übermütiger Stimmung zu singen an, und Pimpernellche stolperte wie eine Trunkene die Treppen hinauf.

»Ich glaub', Ihr habt alle Drei en Rausch« schalt Sannchen.

»En Rausch!«, sagten die Buwe und lachten.

»Einen Rausch!«, sagte Pimpernellche und lächelte.

Kaum war im Schlafzimmer das Licht gelöscht, rief sie zu Sannchen hinüber: »Ist er nicht einzig? Ist er nicht herrlich? Ist er nicht wie ein Prinz?« Und im Überschwang ihrer Gefühle kam sie an Sannchens Bett und wollte die Schwester küssen.

Doch der kleine, gekränkte, temperamentvolle Unband stieß sie zurück. »Hör uff! ich will nix höre!«

Wie hatte er doch gesagt: »Sprechen Sie recht viel von mir mit Ihrer kleinen Schwester!«

Sie wollte das freilich nur zu oft in den nächsten Tagen, doch Sannchen setzte ihr nur Gleichgültigkeit oder gar Spott entgegen. Sie war in der denkbar schlechtesten Laune, all ihre Worte waren wie Püffe und ihre Mienen wie Ohrfeigen. Die Mutter und die Brüder gingen ihr tunlichst aus dem Wege, nur Pimpernellche versuchte ihr Liebe entgegen zu bringen, der Armen! Ging sie doch selbst wie auf Rosenwolken, von Amoretten durch die Luft geleitet, das Haupt zur Sonne gerichtet, schönheitstrunken.

Freilich das Kochen litt sehr unter der Liebe, und dem Gekeife der Mutter konnte sie keine andere Waffe entgegensetzen als ihr seliges Lächeln, denn das Essen war wirklich ruiniert; die Buwe, die in Anbetracht einer allenfallsigen Wiederholung des genussreichen Spaziergangs zuerst geschwiegen, gaben schon deutlich grunzende Töne des Missbehagens von sich.

Ach, die Wiederholung ließ auf sich warten! Pimpernell-che zehrte ja von der Fülle ihrer Erinnerungen, die immer größer und bedeutender wurden, je mehr sie sich davon entfernte, aber ihre Sehnsucht war nicht einzuschläfern, sie hätte ihn ja am liebsten den nächsten Tag wiedergeseh'n.

Und nun waren es fünf Tage und zu ihrer Sehnsucht kam die Angst. Er war am Ende krank! Sie schrieb an ihn – keine Antwort. Er war wie von der Erde verschwunden.

Wo blieb er, ihr Geliebter? Und sie versuchte das Wort zu sagen, wie er es gesagt »Geliiiebter« – O! niemals würde sie das mit der Süße und Innigkeit sagen können. Nur einmal von ihm zu hören »Geliiiebte!«

O, diese Sehnsucht! Sie flüchtete zu Sannchen, die musste sie verstehen, sie litt doch auch unter der Liebe. Sie fragte zärtlich: »Zürnt er Dir noch?«

»Er mir? Verkehrte Welt! Ich ihm. Überhaupt –« sie schob die Unterlippe vor und hob die Achseln, »*der*« –!

Wie hatte sie vor kurzer Zeit gesagt? »Und ich muss 'n habe«, und »glaabscht dann, ich krieg wieder so enn?«

Sannchen empfand einfach roh, da zog sie sich zurück mit ihren feinen Empfindungen.

Es blieb ihr ja das Tagebuch, das sie so lang nicht geöffnet. Man schreibt nicht, wenn man erlebt!

Das letzte, was sie geschrieben, war nur das eine, heilige Wort: »Liebe«. Mit großen, schön verzierten Buchstaben stand es allein inmitten einer Seite, und so sollte es bleiben, sie wagte gar nicht die Seite durch weitere Worte zu profanieren.

All ihre glühenden Erinnerungen stiegen aus dem einen Wort, sie sah ihn wieder, hörte seine Stimme – warum wollte sie zagen? Es geziemte der Liebe nicht. Sie wollte fest sein, ohne Rückhalt an ihn glauben, und sie schlug die Seite um und schrieb auf die nächste: »Ich glaube und warte.«

Nun ging sie getrösteter an die Bücher, die er ihr empfohlen und die sie in ihrer Sehnsucht vergessen. Besonders Goethes Elegieen hatte er ihr warm ans Herz gelegt und einige bezeichnet, von denen er sagte: »Gerade über die möchte ich ein ausführliches Urteil von Ihnen hören, es ist mir von größtem Wert, fast ein Studium, was Sie darüber sagen werden, da Sie doch mit voller Naivität an die Sache gehn.«

Wie zart von ihm, so für sie zu sorgen, während er fort sein musste, (denn sicher war er abberufen worden für kurze Zeit!) und wie zart, ihr seine Liebe durch diese Verse auszudrücken!

Wie herrlich die dritte:

>»Lass dich Geliebte nicht renn,
>dass du mir so schnell dich ergeben.«

Dann die achte:

>»Wenn du mir sagst, du habest als Kind, Geliebte, den Menschen
>Nicht gefallen und dich habe die Mutter verschmäht«

War das nicht die zärtlichste Sorgfalt, auf ihre Worte also zu antworten? Er war neulich ganz stumm geblieben, als sie ihm von ihrer Jugend erzählte.

Dann die neunte, auf ihre häusliche Tätigkeit, ihr Aschenbrödeltum Bezug habende:

>»– weckt aus der Asche behänd
>Flammen aufs Neue hervor.«

Nur die letzte der von ihm bezeichneten war ihr nicht recht verständlich, aber die Schlussverse packten sie, die ihr wie ein Gebet schienen:

>»Eins nur fleh ich im Stillen. An euch ihr Grazien wend' ich
>Dies heiße Gebet tief aus dem Busen herauf:
>Schützet mir mein kleines, mein artiges Gärtchen, entfernet
>Jegliches Übel von mir.«

Das schrieb sie nun ganz klein an den Rand der letzten Seite ihres Tagebuches mit der Variation.

–   »entfernet
Jegliches Übel von ihm.

Das war auch ein Nachtgebet und zwar ein erhebendes, das tröstete sie und sie ging mit hohen Gedanken friedlich und früh zu Bett; so früh, dass Sannchen, gerade als sie am Einschlafen war, nach Haus kam.

Sannchen war durchaus zum Sprechen geneigt. Sie war von der feuchten Frühjahrsluft förmlich durchtränkt, hatte einen Geruch von jungem Wald und sprossendem Grün mitgebracht, ihr ganzes Wesen war elastisch, gespannt, eine köstliche Frische ging von ihr aus und ihre Augen leuchteten. Nichts mehr von trüber Laune und hässlichen Antworten, sie neckte sich mit den Buwe und tat geheimnisvoll mit ihnen, sie sang vor sich hin, während sie ihr Haar löste, sie zog die einzelnen Goldfäden liebkosend durch die Finger, vor dem Spiegel sitzend, konnte sie sich gar nicht satt sehn an ihrem eigenen Bild; es war ein ganz ähnliches Schauspiel wie neulich, nur war mehr Erwartung, mehr Übermut, mehr siegende Gewissheit drin.

Sie gab Pimpernellche einen sanften Schupps mit dem Ellenbogen, anders drückte sie sich der Schwester gegenüber auch in den zärtlichsten Stunden nicht aus, sie flüsterte ihr unter Kichern ins Ohr, wie wenn sie halb daran erstickte: »Er ist wieder da!«

Pimpernellche fuhr in die Höhe, presste Sannchen an sich und war keines Wortes fähig; endlich stieß sie heraus: »Gott sei Dank!«, und sank langsam zurück, so überwältigt war sie. Doch wollte sie der Schwester ein Liebes erweisen, und sie stotterte mit Anstrengung die Worte heraus: »Und Ihr seid wieder gut?«

»Und wie!«, lachte die Kleine und sprang mit einem hohen Satz in ihr Bett, dass es nur so ächzte.

»Er sagt, ich hätte Anlagen zur Tänzerin, überhaupt Anlagen –« und sie kicherte vor Vergnügen, hüllte sich mit einem Seufzer des Behagens, des Einsseins mit dem Leben, strotzend vor Lebensfreude und Gesundheit in ihre Decke und schlief sofort ein.

Pimpernellche konnte gar nicht mit der Toilette fertig werden. Zweimal hatte sie sich schon umgezogen und war immer noch unschlüssig. Endlich, weil die Zeit drängte, blieb sie in der weißen Bluse, die ihren Nacken ein Stückchen sehen ließ. Die Sonne schien durchs Fenster mit einer Glut, wie wenn es Sommer wäre, man konnte alles aufreißen und die herrliche Luft einlassen, es war förmlich, als lebte man ein neues Leben, seit man durch die geöffneten Fenster den Lärm und das Geräusch der Gasse hörte.

Pimpernellche zog mit freudig geschwellten Segeln ab, stolz den Marktkorb tragend, den er getragen. Der Frühling blühte überall auf dem Markt, wo die Weiber ihre großen Leinwandschirme aufgespannt hatten. In Bündeln lagen Veilchen und Goldlack, fremde glühende Anemonen und Ranunkel neben dem heimischen Gold des Himmelsschlüssels. Rote Radieschen spreizten sich unter den derben grünen Blättern, wie Samt sah die Kresse aus, es war ein Gewoge von Farben und Tönen, von Licht und Schatten, dazu die Menschen in hellen Frühjahrskleidern, Pimpernellche ward von einem wahren Taumel ergriffen.

Wie alles glänzte und lockte! Es war wie ein Festtag, Feststimmung überall.

Und plötzlich sah sie ihn steh'n.

Mit ausgespreizten Beinen, die Hände in die Hüften gestemmt, stand er mitten in der Sonne und blies den Rauch einer Zigarette in die Luft, ganz hingenommen von dem bunten Bild ringsum.

Da fühlte er sich sanft berührt – hörte eine Stimme – die Stimme! – es schnellte ihn förmlich herum, sein Gesicht verzerrte sich zu einer Fratze, nur einen Augenblick, dann war er wieder der Alte, und seine Höflichkeit war tadellos. Aber gerade sie brachte Pimpernellche aus dem Konzept.

Wie konnte er so sein, nachdem sie sich die langen Tage nicht gesehen?

»Habe ich Ihnen denn etwas getan?« fragte sie im Ton eines Schulkindes.

»Nicht dass ich wüsste, mein gnädiges Fräulein!«, erwiderte er zuvorkommend.

»Sie waren *soooo* lang fort!«

Pimpernellche legte viel Trauer und Sehnsucht in ihre Worte.

»Nicht allzulange. Fünf Tage sechs und eine halbe Stunde«, sagte er sanft.

»Dachten Sie auch unser – auch an mich?«

»Ich habe nichts vergessen.«

»Würden – würden – Sie vielleicht in den Anlagen dort ein wenig mit mir spazieren geh'n? Man wird hier so beobachtet.«

Er lüftete zum Zeichen der Bereitwilligkeit den Hut.

»Aber wollen Sie nicht wenigstens – – hm – diesen Korb zurücklassen? Es geht doch wohl nicht an, ihn in den Anlagen spazieren zu tragen.«

Er warf einen missvergnügten Blick auf den großen gelblackierten Korb, und Pimpernellche, bestürzt und verwirrt, bemühte sich, ihn so schnell als möglich bei irgend einer der Händlerinnen unterzubringen.

Dann ging sie verängstigt an seiner Seite nach den Anlagen. Was war das? War sie verrückt? War alles andere nicht, niemals? War das noch der Frühlingstag voll Licht und Sonne? War das noch derselbe Mann? Sie raffte sich gewaltsam auf.

»Ich habe die Elegieen gelesen.«

Sie versuchte ihn anzulächeln, doch er hielt den Kopf gesenkt. Zornig sah er nicht aus, er gähnte.

»Ja? – – Und Ihre Schwester?«

»Meine Schwester?!? –«

»Hat sie sie auch gelesen, meinte ich« erwiderte er ungeduldig und gereizt, »ach Gott, es ist ja gleich.«

»Nein, ich dachte doch – Sie wollten doch – dass ich –«

»Gewiss, gewiss, verzeihen Sie! Aber ich dachte es mir viel amüsanter. Man verrechnet sich manchmal. Sie sind doch im Grunde langweilig und erfüllen eigentlich nicht das, was ich mir versprach.«

»O sie sind doch herrlich, und dann – Ihre Zartheit, nur anzudeuten, nicht davon zu sprechen, auch –«

»Ja ich kämpfe manchmal mit dem Wort, wie eben jetzt.«

Er sah sie beinah verzweifelt an. Am liebsten hätte sie sich in seine Arme geworfen und ihm zugerufen: »ich liebe dich, auch wenn du kalt bist, wenn du mir Schmerzen machst, denn du leidest selber« – sie getraute sich aber nur leise zu stammeln: »Ich liebe Sie immer noch.«

»Ich danke Ihnen!«

Er zog ehrfurchtsvoll den Hut und schwieg dann.

Endlich stieß er einen langen Seufzer aus.

»Sie sind ein großes Mädchen, Nelly, Sie besitzen die Seele einer Fürstin, Sie haben Geist und Güte, – aber das Schicksal will nicht, dass Sie zur Liebe geboren sein sollen. Sie sind *nicht* zur Liebe geboren, werden Sie Gouvernante, das ist mein innigster Wunsch. Gegen das Schicksal können wir armen Sterblichen nicht ankämpfen. Sie sind zur begeisterungsfähigen Gouvernante prädestiniert. Meiden Sie die Kreise Ihrer Schwester, deren Stern andere Bahnen weist, fliehen Sie sie, es ist notwendig jetzt, und ich kann nichts sehnlicher wünschen.«

Pimpernellches Arme sanken hilflos zu beiden Seiten des Körpers herab. Was war das? Sie verstand ja gar nichts, – was war da so jäh über sie gekommen?

»Warum?«, sonst brachte sie nichts heraus.

»Fragen Sie nicht, seien Sie tapfer. Haben Sie nicht geschworen, Ihrer Liebe jedes Opfer zu bringen, und nun schrecken Sie vor dem Anfang des Opfers zurück? Fragen Sie nicht, ehren Sie das Geheimnis, unerforschlich sind die Wege der Liebe.«

»Ich – kann – mir ja gar nicht helfen, ich sehe nichts, ich kann nicht gehen –«.

»Ich werde Sie führen, eventuell sogar bis ans Haus, Ihnen selbst den Korb verschaffen, nur meistern Sie Ihre Gefühle. Sehen Sie mich an! Kommen Sie.«

Und wirklich, Pimpernellche folgte ihm wie von einer fremden Macht gezogen. Sie hatte leidenschaftliche Vorwürfe, Anschuldigungen auf den Lippen gehabt, hatte ihn falsch, feig, hinterlistig nennen wollen, doch er entwaffnete sie durch seine Ruhe, seine Zartheit, durch die offenbare Erregung, die in seinen letzten Worten bebte. Nein er war edel und groß wie immer, nur das Leben zertrat sie beide. Sie wollte nicht fragen, wenn er nicht reden durfte, und sie folgte ihm still, ihm, der ausatmete angesichts ihres Heroismus und, ihren heiligen Schmerz ehrend, ihr wortlos den Korb übergab und wortlos an ihrer Seite schritt.

Vor der Haustüre reichte er ihr noch die Hand in früherer Weise und sagte: »Schenken Sie die Fülle Ihrer Liebe den fremden, kleinen Geschöpfen, da das Schicksal es nicht zu wollen scheint, dass Sie sie sonst verschenken, gehn Sie in die Fremde und vergessen Sie nicht die tiefe Weisheit der Worte, die ich Ihnen jetzt sagen werde: »Tugend vergeht, Schönheit besteht«. Die Worte passen freilich besser auf Ihre Schwester, aber vielleicht kommt auch für Sie die Zeit, wo Sie seine Tiefe zwar nicht erfassen, aber vielleicht ahnen werden. Leben Sie ewig wohl!«

Dumpf fiel die Haustüre ins Schloss.

Aus – aus für immer. Jetzt konnte alles kommen, nichts war schwerer, nicht der Tod, nicht das Grab! – Pimpernellche, die sich in ihr Zimmer hatte flüchten wollen, traf die Familie in wildester Aufregung. Die sonst so schläfrige Mutter, die nur glücklich war, wenn man keine Emotionen von ihr verlangte, hielt Pimpernellche am Ärmel fest, ließ sie nicht gehen. Sie tobte und schrie in der Wohnung herum, heulte und zeterte, ganz nach Art vieler indolenter Menschen, die sich gar nicht mehr zu helfen wissen, wenn sie einmal aus dem Konzept gebracht sind. Sannchen und die Buwe waren zu dieser Stunde anwesend, wo doch Sannchen der Bildung und die männlichen Familienglieder den Wissenschaften hätten frönen sollen.

Sannchen stand mit dem bekannten Trutzmäulchen in der Ecke und die Buwe mit hängender Unterlippe und blöden Augen mitten in der Stube, und alle drei ließen sie wortlos die mütterlichen Wutschreie über sich ergeh'n.

Feuer im Dach, alles entdeckt! Das verstand endlich Pimpernellche. Die Buwe waren wegen Teilnahme an einer geheimen Verbindung dimittiert und Sannchen ihrer Liebschaft halber aus dem Institut entlassen; zugleich kam auf, dass sie schon seit Wochen das Institut nicht mehr besucht, auch kein Geld abgeliefert hatte.

»Sie hat Talent« sagte »Kall«, der Älteste, nicht ohne einen Anflug von Respekt, und auch der Jüngere, Praktische entrüstete sich nicht.

Aber die Mutter! Alle Affenliebe hatte sie über Bord geworfen, sie tobte wie eine Wilde, brachte nur Schreie und Schimpfwörter heraus, zuletzt fiel sie auch noch über Pimpernellche her, und nun ging der Tanz erst recht an. Warum kam sie so spät? Sie war genau wie die andern. Sie hatte auch irgendetwas getan, was noch aufkommen musste, irgendetwas Schändliches, es war ja eins wie das andere. Alle wollten sie nur zu Tod ärgern, sie, die beste Mutter! »Vor all mei' Sorge Undank und Schlechtigkeit«, schrie sie, »Ihr wollt mich unner die Erd' bringe, schlechte Kinner seid'r, G'sindel! Aber ich tu Euch den G'falle extra nit, ich bleib lebe. O, was mich alles treffe muss, lauter Unglück, ich überleb's nit!« Sie wurde immer dunkler rot, je angestrengter sie schrie, zuletzt fing sie zu wanken an und die erschrockenen Mädchen brachten sie in's Bett. Sie lag steif dort bis der Doktor kam, der die Ängstlichen gleich beruhigte.

»Es wird morgen wieder gut sein, wenn die Patientin vollkommene Ruhe hat.«

Die Buwe hatten sich schnell gedrückt, Pimpernellche war gegangen, weil die Mutter energisch verlangte, dass sie gehe, und allein mit Sannchen bleiben wollte, die ihr Umschläge machte und Limonade reichte. Pimpernellche erschien in ihrem aufgeregten Zustand auch die Krankheit der Mutter viel schlimmer. Sie schlich sich oft in der Nacht auf den Zehen an das Zimmer, sie fragte Sannchen leise, und wenn die ihr auch beruhigend antwortete, so hatte sie doch die schrecklichsten Visionen. Sobald sie einmal halb einschlief, fuhr sie gleich mit einem Schreckensruf wieder in die Höhe. Alles war wirr in ihrem Kopf. Was sie am Tag erlebt, die Verhältnisse zu Haus, die Zukunft, die kranke Mutter, sie kam wie ein Schatten am Morgen ins Zimmer geschlichen.

Welche Wandlung! Im Sofa saß die Mutter in aller Gemütlichkeit und lachte und plauderte mit Sannchen und rief Pimpernellche zu: »Mein' Kaffee, aber schnell!«

Alles schien in Fröhlichkeit und Harmonie aufgelöst zu sein, und als die beiden langen Sünder sich wieder hervorwagten, schien auch ihnen die Sonne der Verzeihung, ja noch mehr, die vier hielten eine längere Konferenz ohne Pimpernellche, und so oft sie hereinkam, verstummten sie und lächelten sich zu, es webte eine heimliche Atmosphäre um die einige Familie, ein zartes Geheimnis.

So sehr Pimpernellche mit ihrem Schmerz beschäftigt war, das bemerkte sie doch, und fühlte sich beunruhigt.

Am dritten Tag nach der Katastrophe wurde auch ihr der Plan mitgeteilt, das heißt nicht als Plan, sondern als Faktum.

»Die Mamme zieht fort mit uns« warf ihr Sannchen unter dem Mittagessen zu.

Pimpernellche fiel der Löffel, den sie eben zum Munde führen wollte, wieder in die Suppe zurück, zum größten Gaudium der Buwe.

»Die Mama will fort?«

»Ja! Du hast schon recht gehört, sie will fort.«

»Wohin denn um Himmelswillen?«

»Muss m'r noch überlege.«

»Warum?«

»Darum. Die Buwe müssen doch fort, können hier nit weiter studiere, zieht m'r ebe aach mit.«

»Ja, und dann?«

»Dann? Was dann?«

»Was wollen wir in einer andern Stadt?«

»Was woll' mer dann hier? Ich will nit versaure hier, 's gibt große Städt' genung. M'r kann Zimmer vermiete und so was. Rede brauchscht nit viel drüber, 's hilft nix.«

So, also sie nahmen ihr alles. Liebe, Zärtlichkeit, Güte, Anhänglichkeit, alles hatten sie ihr genommen, jetzt sollte ihr auch noch die Pflicht genommen werden? Sie *hatte* doch die Pflicht für die vier Leichtsinnigen, Unerfahrenen zu denken und zu handeln. Als sie davon anfing, schrien sie ihr gleich drein – nein, nein, nein! Sie brauchten ihre Weisheit nicht.

»Du brauchscht gar nit mitzugeh'n, mir wer'n ohne Dich fertig« schloss Sannchen spitz.

So, sie setzten ihr also den Stuhl vor die Türe. Das war noch das Schönste. Weder Mutter noch Brüder rührten sich, es war wohl abgekartete Sache, man *wollte* sie abschütteln.

Sie stand hastig vom Tisch auf, ohne etwas zu erwidern, und man ließ sie geh'n. Sie war unbequem, ein Hindernis, der alte Wauwau von früher.

Der Wunsch der Ihren kam ja eigentlich ihren eigenen Absichten entgegen, es war die Freiheit, die sie ihr gaben, und doch tat ihr gerade jetzt die Lieblosigkeit weh bis ins Innerste. Nur zu, nur zu, mochte sie jetzt das Leben packen und zausen, sie hatte nichts mehr zu verlieren. In ihr Tagebuch schrieb sie: »Ich habe gelebt und geliebet.«

Noch am selben Tage schickte sie einen Brief an eine Schulfreundin, die in einem Institute in England als deutsche Lehrerin war, und die sie wiederholt aufgefordert hatte dort hinzukommen und ihre Dienstbotenstellung zu Haus aufzugeben. Sie sagte es dem Vormund und der war einverstanden, wenn sie sich mit dem geringen Zuschuss begnügen wollte, den er aus den Zinsen ihres kleinen Vermögens geben konnte.

Sie wunderte sich, dass sie alles so klar überlegte, dass sie sogar noch eine gesicherte Zukunft wünschte, dass ihr bangen konnte vor einer unsichern Zukunft! Viel lieber wäre sie ja wohl tot gewesen, aber es stirbt sich nicht so leicht an gebrochenem Herzen, ja nicht einmal der Hunger verließ sie in der Zeit ihrer Seelenkämpfe, im Gegenteil.

Die Antwort kam in der denkbar kürzesten Zeit, und sie war günstig. Sie konnte kommen wann sie wollte, am besten sofort. Nun ging es an ein fieberhaftes Herrichten und Einpacken und Sannchen half geschäftig mit. Sie war wieder lieb, seit sie sah, dass es Pimpernellche ernst war mit dem Fortgeh'n, auch die Brüder waren in der besten Laune und alle schienen die Zukunft in den rosigsten Farben zu seh'n, seit sie ihnen nicht mehr im Wege war. Die Mutter warf ihr ein altes, gebleichtes Korallenhalsband in den Koffer und tat gerührt dabei.

Der Vormund, der immer herzlich sein konnte, wenn seine Frau nicht da war, drückte ihr noch einige Goldstücke in die Hand und machte ihr mit seinem Optimismus das Herz leicht. Er meinte: »Wenn's schief geht, sind wir auch noch da.« Und Franz stimmte ihm bei.

Von ihm wurde ihr eigentlich das Abschiednehmen schwerer als sie gedacht hatte, er kam mit Kindererinnerungen und

sah sie so merkwürdig gerührt dabei an, dass sie bald alle beide die Augen voll Wasser hatten.

»Du bischt doch am meischte wert vunn Euch alle«, sagte
er, »ich seh's jetzt erscht ein.«

Und sie schied von ihm mit der Überzeugung, dass er ein
guter Mensch sei, trotz der Hemdärmelerfahrung, die sie mit
ihm gemacht, und dass sie in Deutschland einen zurückließ,
auf den sie im Notfall bauen konnte.

»Und schreib aach!«, schrie er ihr noch unter der Haustüre nach. Seine Mutter war verreist, so band er noch einen
Strauß der schönsten Blumen und schickte ihn ins »Hesse«.

An *ihn* hatte Pimpernellche nur ein paar wehmütige Ab-
schiedszeilen geschrieben. Doch vergaß sie nicht Tag und
Stunde ihrer Abfahrt genau anzugeben.

Am Tag ihrer Abreise regnete es in Strömen. Sannchen
allein begleitete sie zur Bahn. Die Buwe hatten im entschei-
denden Augenblick der eine verschlafen und der andere nur
ganz »verriß'ne Stiwwel«, so dass sie beide zu Hause bleiben
mussten.

Auf dem Weg zum Bahnhof und dortselbst blickte Pimpernellche unruhig umher, schon im Coupé schaute sie jeden
Augenblick zum Fenster heraus, vielleicht, vielleicht doch!
Er kam nicht. Beim Ausfahren aus der Halle beugte sie sich
weit vor und ließ ihr Taschentuch wehen, nicht der jungen
Schwester halber – niemand. Und auch Sannchen wendete
sich bald zum Gehen.

Fröstelnd, in dem kühlen Frühjahrsregen standen noch ein
paar Menschen auf dem Bahnsteig. Einen Augenblick war's
ihr, als sähe sie seinen hellen Überzieher neben Sannchens
Jaquet auftauchen, dann machte der Zug eine Biegung, fuhr
rasselnd über die Brücke und alles verschwand. Der feine,
nachdrückliche Regen schlug an die Scheiben, der Rauch der
Lokomotive zog stoßweise an den Fenstern vorbei, die Stadt
wich langsam zurück und verschwand in Regen und Dunst.

Hinter ihr lag ihre Heimat, ihre Jugend, ihre Liebe, vor ihr die graue, schwere Zukunft. Und hatte Pimpernellche bisher wie im Fieber die Erlebnisse der letzten Tage über sich ergeh'n lassen, so kamen sie jetzt und verlangten gebieterisch, dass sie sie beschaue und prüfe.

Aufschluchzend legte sie den Kopf auf die Polster – sie konnte sich das leisten, denn sie fuhr allein im Coupé – während der Schnellzug die Rheinebene hinunterraste, dem fernen Holland zu.

Als Franzens Mutter von ihrer Reise zurückkehrte, war sie ganz und gar nicht damit einverstanden, dass ihr Mann in seinem Leichtsinn Pimpernellche hatte ziehen lassen. Besonders lag ihr die Moral der Familie Heß am Herzen, als deren festeste Säule sie Pimpernellche eingeschätzt hatte. »Jetzt geht's drunner und driwwer« sagte sie prophetisch zu Franz.

Franz pflichtete schüchtern bei. Er widersprach ihr nicht gern. Wenn die hagere, knochige Frau ihre Haubenbänder löste, die Brille abnahm, zusammenlegte und mit der also zusammengelegten Brille nachdrücklichst in die linke Hand schlug, war er immer ihrer Meinung. Auch der Vater ließ sich dann gern seine Ansicht korrigieren, Streit und Auseinandersetzungen waren nicht seine Schwärmerei.

Lieber saß er bei lustigen Brüdern und ging seinen Vergnügungen nach, zu Haus mochte er nicht sein. Man munkelte so manches über ihn, aber die Leute nahmens ihm weiter nicht übel, weil er ein gutmütiger, hilfsbereiter Mann war, und weil sie seine Frau nicht leiden konnten. Die Frau mutmaßte wohl allerlei, konnte ihn aber nie recht packen; im Sohn fand sie ähnliche Anlagen, darum hielt sie ihn so streng, und darum erschien ihr sein Verkehr »ins Hesse« als sein Verderben, und schon lang arbeitete sie dagegen.

Aber darin war Franz wie der Vater, er ließ sie reden, machte sein nachgiebigstes Gesicht dazu und tat nach wie vor was er wollte. All ihre Auslassungen über »'s Hesse«, über die Faulenzerin von Mutter, die Tagdiebe von Buwe, den Unband von Sannchen hörte er, Zustimmung nickend, an, aber er klebte dort wie Pech. Wenn sie erst eine Ahnung von der eigentlichen Ursache seiner hartnäckigen Besuche gehabt hätte!

Denn was sie im Grund von Sannchen hielt, kam heraus, als sie von ihren Taten hörte. Da musste auch ein feines Glöcklein mehr von Franz geläutet haben, als ihm lieb war. Ihre Verachtung für Sannchen kannte keine Grenzen und ihre Schimpfereien über seine dicke Freundschaft wuchsen ins Ungeheure.

Alle waren sie nichtsnutzig, alle, und Sannchen »des geht unner« sagte sie ein über das andere Mal, »des geht unner«, und sie freute sich förmlich jetzt schon auf den Untergang.

Nur dass sie diesmal bei Franz schief ankam. Er machte eines Tages, ganz unerwartet, unterstützt von dem Vater einen ganz gewaltigen Krach und entsetzte sie definitiv ihrer Herrschaft. Er ließ sich nichts mehr sagen, er widersprach, er verteidigte »'s Hesse«! Sie atmete auf, als die ganze Familie nach München verschwand. Nur weit, möglichst weit weg!

Aber siehe da, als Franz den Einwilligen an den Nagel gehängt hatte, zog auch er fröhlichen Herzens nach München, anstatt nach Heidelberg, wie es bestimmt war, und sie erfuhr's erst, als er schon an der Isar festsaß. Das gab natürlich ein Lamento ohnegleichen, und Tage und Wochen ging sie nicht von dem einen Thema ab, nur ändern konnte sie nichts mehr. Der Alte drehte sich um, wenn sie anfing, und der Junge lachte sie aus, als er nach dem ersten Semester angerückt kam.

Ein flotter Student, in der Tat, wenn auch etwas korpulent, nur dass er dies fatale, listige Lachen an sich hatte! Er »grunzt«, nannten sie's in der Verbindung, wo sie ihn in seiner Gutmütigkeit, die ein klein wenig heimtückisch sein konnte, schon eher zu nehmen wussten, als die eigene Mutter.

Gerade sein lächelndes Verschweigen und sein gutmütiger Eigensinn ärgerten sie am meisten. Ob ihm wohl einfiel, je von der.Familie Heß zu erzählen? Er musste doch sehen, wie sie darauf brannte etwas von ihnen zu erfahren. Endlich konnte sie's nicht mehr aushalten und platzte los: »Gell, des Sannche geht unner?«

»Oh sehr im Geigendeel«, erwiderte er echt studentisch, »es schwimmt lustig owedruff«, mehr war nicht aus ihm herauszubringen, er lächelte nur.

So blieb es ein paar Jahre und sie musste allen Ärger verschlucken. Kam sie zu ihrem Mann, so murmelte er etwas von Lappalien, doch merkte sie, dass er oft mit dem Sohn lange und heftige Auseinandersetzungen hatte. Auch fing der Vater zum ersten Mal in seinem Leben an vom Sparen zu reden und trug sich sogar mit Bauplänen.

Der Sohn ließ sich selten im Elternhause sehen, sie fing schon an ihn für einen ungeratenen Sohn zu halten, zumal er nie von irgendeinem Examen sprach, geschweige denn eins machte.

Doch plötzlich begann er einer dicken, blonden, sehr schönen Hotelierstochter den Hof zu machen, nicht hitzig gerade, aber doch ziemlich stetig, das hob ihn in ihren Augen, und sie begann ihn fast zu achten. So viel Vernunft hatte sie ihm nicht zugetraut, zwar bei seinem Vater war es ähnlich gewesen mit ihr – – es war der gescheitste Streich, den er im Leben gemacht, sonst fielen ihm nur dumme ein und solche, die sie ärgerten.

Sogar im Tod brachte er ihr Ärger. Er starb nicht wie andre Christenmenschen im Bett, nachdem sie ein paar Tage oder Wochen krank gewesen, sondern im Wirtshaus. Vom Wirtstisch weg, weg von lustigen Kameraden mussten sie den Toten holen, er war umgefallen mit den Karten in der Hand.

Sie erwartete die Geschäftsbücher in Unordnung zu finden, es wäre ihr trotz ihres Geizes eine Genugtuung gewesen, aber alles klappte, alles war in tadelloser Ordnung, nur Franz, ihr Einziger, Franz, der in der letzten Zeit zu großen Hoffnungen berechtigte, hatte sein ganzes Erbteil »verstudiert«, das heißt verlebt. Ihr Zeter und Mordio, ihr Schimpfen und Fluchen half nichts, weg war's und Franz wurde noch grob mit ihr obendrein.

»Keinen Pfennig kriegst De von mir, keinen Pfennig, komm mir nur nit, ich will nix mehr, gar nix mehr von Dir wisse«, schrie sie ihn an und sie hielt Wort.

Franz führte aber trotzdem die blonde Hotelierstochter mit der gediegenen Basis heim. Er hatte ein Studium an den Nagel gehängt und war bei einer Bank eingetreten.

Wollte die Alte nicht, so sollte sie's bleiben lassen, später musste er ja doch den ganzen Krempel kriegen. Sie war nicht bei seiner Hochzeit gewesen und kümmerte sich nicht weiter um ihn. Ihrethalben konnte es ihrem Einzigen gut oder schlecht gehen, von einem solchen Verschwender wollte sie nichts hören. Sie hatte Angst, er könne ihr einmal mit Kind und Kegel angerückt kommen in Armut, doch Franz schien ausgetobt zu haben. Er war ein braver Ehemann, der seiner braven Frau keinerlei Kummer machte, gut mit ihr lebte und sich sogar ein ansehnliches Sümmchen ersparte. Der Geist des Vaters schien sich empfohlen zu haben und ein Teil vom Geist der Mutter in ihm zu erwachen.

Von Pimpernellche hatte Franz zwei Briefe bekommen, die er nie beantwortete, nicht weil ihm nichts daran gelegen war, sondern weil er sie jedes Mal verlegte und keine Adresse wusste. So kam's, dass er ihr weder seine Heirat, noch die Geburt der Kinder melden konnte.

Im dritten Jahr der Ehe starb plötzlich seine gute, dicke, blonde Frau, und selbst das konnte er der Jugendgespielin nicht schreiben.

Umso überraschter war er, trotz seines anscheinenden Mangels an Freundschaft wieder einen Brief von ihr zu bekommen. Hatte sie vorher immer in einem zufriedenen, oder eigentlich resignierten Ton geschrieben, so schien sie jetzt den klösterlichen Frieden dieses Institutes, das sie nie verlassen, gänzlich entbehren zu können.

Sie schrieb ihm unter anderem: »Ich habe auf einmal solch schreckliches Heimweh nach Deutschland, dass ich fühle, ich muss heim. Ich habe mir so viel gespart, dass ich die Reise riskieren kann. Ich weiß nicht mehr was ich hier soll. Ich habe hier Keinen, der sich wirklich um mich sorgt, und um den ich mich sorge. All mein Leben war Stückwerk, Halbheit. Könnte ich denn nicht zu Hause etwas finden, das mich ganz ausfüllt? Die Meinen leben doch noch, besser bei ihnen die Letzte, als in der Fremde die Erste. Zudem höre ich nichts, absolut nichts von ihnen und ängstige mich. Sollte mir nicht da eine Mission blühen? Ich vergehe vor Sehnsucht einmal am richtigen Platz zu steh'n. Schreibe mir, ich bitte Dich, über die Meinen.«

Franz hätte wohl gern geschrieben, aber die Adresse und dann – die Ihren? Diplomatisch veranlagt war er nicht, und so zermarterte er sich sein Hirn wie er Pimpernellche von ihrer Familie berichten könne, ohne die Wahrheit zu sagen.

Darüber wurden seine beiden rosigen, blonden Babys schwer krank, und all seine Gedanken, seine Sorgen galten ihnen. Hatte seine Heirat, die Geburt der Kinder und der Tod seiner Frau die Mutter nicht auszusöhnen vermocht, die Krankheit der Kinder tats. Freilich hatte er ihr auch einen flehentlichen Brief geschrieben. Sie kam, doch ihn schob sie bei Seite, er war wie verbannt im Haus, durfte sich nicht mucksen.

Wie ein Wächter mit flammendem Schwert stand sie an der Türe des Krankenzimmers und ließ nur herein, was sie kontrolliert hatte. Nur mit ihrer Erlaubnis wurde geschlafen, geweint und geredet. Und sie wich und wankte nicht, steil aufgerichtet, voll eiserner Willenskraft, saß sie vor den kleinen Betten und trotzte dem Tod. Und sie verjagte ihn.

»M'r muss nur wolle«, sagte sie zu Franz, »Du freilich hast Dein ganzes Lebe nit ernsthaft gewollt.«

Franz schwieg immer auf solche Zärtlichkeitsausbrüche hin, und die häusliche Luft beengte ihn immer mehr, jetzt wo der Bann gewichen und der schwarze Gast vertrieben war.

Er hätte tanzen, singen, schreien mögen, es war ihm ja alles wiedergeschenkt, doch da saß sie und verlangte von ihm das Betragen eines korrekten Schuljungen. Auch die Kinder erschienen ihm fremd, wie sie so still und gehorsam in ihren Bettchen ruhten, wie kleine Maschinen bedient wurden und wie kleine Maschinen funktionierten. Sapperlot, was anderes hätten sie gebraucht, Liebe, zärtlichste Fürsorge, Wärme, die Sonne.

Und wie schien sie so herrlich über Straßen und Plätze, die echte, rechte warme Sonne! Tag für Tag heller Himmel und warme Luft, ein seltner Lenz für München.

Die Sträucher an den Anlagen trugen schon dicke Knospen, die über Nacht ganz plötzlich aufblühten, die Kastanienbäume streckten ihre großen hellgrünen Fingerblätter aus und hielten stolz die weißen Blütenkerzen in die Höhe. Es duftete allüberall von frischem Grün, und die Sonne brannte herab, als wolle sie die Erde sprengen und alles gewaltsam herauslocken, Franz hielt's zu Hause nicht mehr aus. Er bürstete seinen hellen Anzug im Vorplatz aus und drehte seinen kleinen Schnurrbart zum letzten Mal vor dem Spiegel, als es läutete. Er ging selbst um aufzumachen und fand eine fremde Dame draußen.

Mit einer tiefen Verbeugung begrüßte er sie, denn die Dame war distinguiert angezogen. Darauf gab er noch immer viel. In Bezug auf sein Äußeres war er in den Versuchen einen Dandy vorzustellen ziemlich weit gekommen, und ausgesuchter Eleganz bei einer Frau spendete er immer respektvolle Bewunderung.

Aber Herrgott! – was da zu reden anfing, das war ja Pimpernellche! Wirklich und wahrhaftig Pimpernellche, nur ins Ladylike und Gereiftere übersetzt! Ehe er nur daran dachte ihr seine Freude zu äußern, musste er erst Verzeihung haben, denn all seine groben Vernachlässigungen fielen ihm wieder ein, und es war wieder der gute Franz, mit den tappigen Kinderhänden, der ihre Hände streichelte und gute Worte gab. Sein ganzes Gesicht lachte, als er sah, dass sie ihm nicht nur nichts nachtrug, sondern selber eitel Freude war.

Was wollte er denn? Da war ja ein Freund aus alter lieber Zeit, da war jemand, der seine Herzensöde verstehen würde, er vergaß ganz nach wie und wann und warum zu fragen, stand nur immer auf dem sonnigen Flur und schaute Pimpernellche mit Wohlgefallen an.

Weil sie nur da war! War's ihm doch ganz so, als sei sie nur wegen ihm gekommen, und er versicherte ihr fortwährend, *wie* lieb es von ihr sei, dass sie überhaupt gekommen.

Dass sie nicht immer im Gang stehn konnten, fiel ihm aber doch zuletzt ein, und er begann stockend:

»Komm doch mit! – aber meine Kinder sind krank, ich glaub' es ist sogar ansteckend« –

»Deine Kinder?«

»Ja so! Du weißt nichts?!«

»Und Deine Frau?«

»Meine Frau ist tot.«

»Oh! Du armer Kerl!«

Wie warm sie ihm die Hände drückte! So war schon lang niemand zu ihm gewesen.

Plötzlich wurde er blutrot und sprach auf einmal leise:

»Die Mamme is drinn.«

»Die Mamme is drinn?«

Unwillkürlich langten sie beide nach der Entreetür, und ohne sich weiter zu verständigen, gingen sie sacht die Treppen hinunter, ganz wie früher.

Drunten fingen sie erst zu reden an, und jedes hatte so viel zu erzählen, dass eines kaum das andre sprechen lassen, und eines kaum das andre anhören wollte.

Endlich kam Pimpernellche nach langen vergeblichen Anläufen, nach Fragen, die Franz nicht zu hören schien, immer
wieder auf die Ihren. Sie hatte trotz ihrer Anfragen keine Antwort bekommen, trotz ihrer Anzeige war niemand am Bahnhof, sie hatte allen Grund ängstlich zu sein!

»Unsinn!«, brummte Franz ärgerlich, »Du hast noch lang
Zeit hinzukommen, es ist alles in Ordnung dort.«

Und er hörte nur mehr mit halbem Ohr zu und wusste ihr
so viel Vorschläge zu machen, kam mit einer solchen Menge
von Plänen, Hofbräuhaus und Pinakothek, Bavaria und Lö-
wenbräukeller, deutsches Theater und Volksgarten.

Warum ging er denn nicht einfach mit, wo sie nichts weiter
wollte als ihn abholen, damit er sie hinführe?

»Ist wirklich alles in Ordnung?«, fragte sie ängstlich.

»Ja, ja, natürlich«, erwiderte er etwas gereizt, »ich hab'
Dirs doch gesagt, es geht ihnen aus–ge–zeichnet.«

»Und sie leben wirklich nicht in ärmlichen Verhältnissen?
Siehst Du, das hat mich immer bekümmert, – hören ließen
sie ja nichts – wie sich wohl dies unerfahrene Kind, das Sannchen, in der großen Stadt zurechtfinden würde, ohne richtigen praktischen Sinn, doch eigentlich ideal in gewisser Bezie-
hung, und die Buwe –«

»Oh Sannchen hat sich überraschend zurechtgefunden.«

»Du kommst also hin?«

»Hm, ja, – oh ja, das heißt vor meiner Verheiratung sogar
sehr oft, allein und mit andern, Du verstehst, doch später –«

Nichts verstand sie. Sie sah ihn an mit dem Ausdruck eines geängstigten Babys. Teufel, das wurde ungemütlich! Nette Situation in den Appartements der Schwester. Um keinen
Preis der Welt ging er mit. Wozu sie wohl in die Fremde gezogen war? Ein merkwürdiges Institut musste das schon sein, aus
dem sie kam wie sie hineingegangen. O tugendhaftes England!

»Du verschweigst mir's, es geht den Meinen schlecht!«,
schrie plötzlich Pimpernellche, und nun heulte sie auch noch!

Wenn er etwas nicht sehen konnte, so waren es Tränen, nicht einmal seine Kinder konnte er weinen sehn. Er rief schnell nach einer Droschke, stopfte Pimpernellche hinein und kletterte nach. Ungeduldig und zornig redete er auf sie ein, während sie nur immer ängstlich bat: »Geh mit!«

»Aber ich will Dich ja gern abholen!«

»Abholen? Ich bleib doch dort!«

Er fuhr in die Höhe, zum Schaden seines neuen Zylinders.

»Du? Bleiben? Unter keiner Bedingung!« Er räusperte sich einige Zeit. »Du weißt, die Stadtwohnungen, klein, keine Ahnung eines Fremdenzimmers, kein freies Bett, es geht nicht, geht absolut nicht, Du wirst ja gleich sehen, denn da sind wir.«

Er öffnete schnell den Schlag, drängte Pimpernellche hinaus, rief ihr nach »in einer halben Stunde!«, klappte die Türe zu, die Pferde zogen rasch an – da stand Pimpernellche, starrte dem Wagen nach, der sich schnell entfernte, und es war ihr zu Mut, wie wenn sie umkehren und dem Gefährt nachlaufen müsse.

Das Haus vor ihr war der rechte Zinskasten, mit schäbiger Eleganz gebaut, überall formlose Verzierungen angepappt, der Vorgarten noch wüst, ohne Gitter, in den Ecken sichtbare Spuren des Baues. Das Treppenhaus war mit grellen Malereien bekleckst, es roch nach frischem Anstrich, Tünche und Kleister, doch waren schon alle Stockwerke bewohnt, überall hingen Schilder und Visitenkarten. Während Pimpernellche langsam die Stiege hinaufstieg, wurde die eine und andre kleine Klappe am Auslug gehoben um nach ihr zu spähen.

Im dritten Stockwerk sprang jemand aus einer Türe und vor ihr schnell die Treppe hinauf. Pimpernellche sah flüchtig eine Fülle roter Haare, die hochtoupiert, wie eine Perücke rings um den Kopf standen. Das weibliche Wesen trug ferner karierte seidne Strümpfe und entzückende Lackschuhe – dafür hatte sie Sinn in England bekommen – mehr konnte das kurzsichtige Pimpernellche nicht sehen, denn die junge Dame lief hastig, tapp, tapp, tapp, die Treppen hinauf und verschwand im vierten Stock, als Pimpernellche noch die Hälfte der Treppe hatte.

Wie komisch! im vierten Stock wohnten ja die Ihren, und zwar schienen sie die beiden Wohnungen zu haben, denn links stand deutlich »bitte rechts läuten«.

Die ganze große Wohnung?

Und das *konnte* doch nicht Sannchen gewesen sein, Sannchen mit den Goldlocken, und diese rote Schöne!

Sie läutete zaghaft. Ein kleines Dienstmädchen, dem ein Kranz halbverbrannter Haare wie eine Bürste rings um die Stirne standen, öffnete. Es war vergeblich bemüht, eine weiße Schürze über ein schmutziges Kleid zu zieh'n, und sah Pimpernellche mit frecher Neugierde an.

Der Gang war ohne Fenster und durch eine Ampel aus mattrosa Glas erhellt, rechts und links hingen Garderobehalter, neben dem Spiegel war ein rotes, mit Seide gefüttertes Kleid unordentlich aufgehängt, dessen Innenvolants in Fetzen herabhingen.

Das struppige Dienstmädchen öffnete auf Pimpernellches Frage nach Frau Heß eine Türe, unter der es noch eine Zeitlang steh'n blieb, um Pimpernellche mit herabhängender Unterlippe anzustarren.

In einem Plüschfauteuil am Fenster saß eine ungeheuer dicke Frau in einem türkischen Schlafrock, und rings um sie, auf Stühlen und auf dem Boden, lagen Musterbücher und Kartons.

Nachdem sich die Umfangreiche eine Zeitlang besonnen, stand sie wirklich auf und schob die Kartons unwillig von sich. Einen Schritt ging sie auf Pimpernellche zu und zog die Schleppe ihres Schlafrockes faul hinter sich drein, dann besann sie sich eines Besseren, kehrte wieder um und versank in dem ächzenden Lehnstuhl.

Die Finger der Dicken staken so voller Ringe, dass sie sie ausspreizen musste, eine große Brosche hielt statt des letzten Knopfes das Kleid oben zusammen. An den Schläfen war das Haar über Lockenwickel gedreht, die dort lagen wie dünne, schwarze Schnecken, die die Hörner in die Luft streckten.

Das war die Mutter. Wie viel fetter war sie geworden! Ein ganzer Wulst von Fett quoll aus der Krause des Ausschnitts hervor und das eigentliche Kinn ruhte auf einem weiteren weißlichen Polster. »Ach so, Du bischts wirklich«, sagte sie in ihrem alten pfälzer Dialekt.

Pimpernellche auch nur die Hand zu geben fiel ihr gar nicht ein.

»Setz Dich« fügte sie endlich bei, nachdem sie mit Anstrengung sich der Kartons wieder bemächtigt hatte.

»Da« machte sie, und reichte Pimpernellche eines der Musterbücher. »Ich such m'r ä Kleed aus, ich fahr' als spaziere, und eens vor's Sannche, die will freilich selber, aber's macht mir Pläsier«, und sie schob Pimpernellche einen weiteren Stoß zu, gerade wie wenn sie erst zur Türe hinausgegangen und wieder hereingekommen sei.

»Ist Sannchen da?«, frug Pimpernellche, nachdem die Mutter keine Miene machte, sie zum Ablegen aufzufordern, sondern ruhig fortfuhr, die Stoffe zu betrachten.

Sie nickte und klingelte das zerzauste Dienstmädchen herbei: »'s Fräulein« befahl sie träg', dann lauter »no, werd's ball?«, da die Kleine steh'n blieb, und den Gast frech und verwundert musterte.

»M'r hen noch eeni« sagte die Mutter und glättete ein starres Seidengewebe. »Schöner Changeant!« (sie sprach »Schaoschao«).

»Zwei Dienstboten –?!«

»No!?! m'r hen doch fünf Zimmerherrn!«

»Fünf Zimmerherrn!? Und die Einrichtung?«, Pimpernellche sah sich erst jetzt um.

Das Zimmer war mit einer Taschengarnitur in grellen Farben ausgestattet, hatte Möbel in mattem und poliertem Holz und einen Axminsterteppich, ganz der Geschmack der Mutter.

»Do guck, do kummt's Sannche!« Zum ersten Mal schaute die Alte von ihren Mustern in die Höhe.

Ja da kam sie; eilig hatte sie es gerade nicht, und freudig erregt schien sie auch nicht übermächtig. Doch gab sie der Schwester die Hand und sah sie interessiert an.

»Dein' Jack' geht ausgezeichnet, wie elegant! Und mit Seide gefüttert!«, und mit einer ihrer früheren Bewegungen drehte sie Pimpernellche herum. »Fehlt noch, dass Du in 'em Wage gekomme bischt.«

»Das bin ich und zwar mit Franz.«

»Mit Franz? Wo is er denn? Drunte noch?«

Und im Nu hatte sie die beiden Fensterflügel aufgerissen, lehnte sich weit hinaus und schrie hinunter: »Franz – Franz!«

Wie sie so im Fenster lag, von der hellen, kalten Frühjahrssonne beschienen, sah Pimpernellche trotz ihrer kurzsichtigen Augen, dass sie geschminkt war, und dass sie auch die Dame mit den seid'nen Strümpfen sein musste; die Haare schimmerten im unzweifelhaftesten Goldrot.

»Was ist denn mit Deinen Haaren?«, frug sie.

»Was werd dann sein? Anderscht sin se halt, un so g'falle se mir.«

»Und sonst – sonst geht's Euch gut?«, frug Pimpernellche, die vergebens Anläufe machte, sich als Tochter und Schwester zu fühlen.

»Dank der Nachfrag', recht gut! sagt der Münchner.« Dabei brach Sannchen in ein schallendes Gelächter aus. Wie sie den Kopf zurückwarf! Pimpernellche fühlte schon richtige Gouvernantenentrüstung aufsteigen, doch besann sie sich noch.

»Und die Buwe?«, frug sie.

»Die gnä' Herrn sind da, machen erst um zwölf ihren kleinen Bummel, Du musst schon mit herüber kommen, denn da herein bringt die kein Kuckuck.«

Sannchen ging voraus und schlenkerte die Arme, dass die Seide ihrer bunt karierten Bluse knisterte, riss die nächste Türe auf, schob Pimpernellche hinein und schrie laut lachend: »Der Pimpernell«, dann machte sie die Türe sofort wieder zu und verschwand.

Drinnen war solch ein Tabaksdampf, dass Pimpernellche zuerst nichts sah wie ein paar lange unbeschuhte Füße, die über die Seitenlehnen eines Sofas herabhingen, die Zehen etwas nach einwärts gebogen. Endlich gewahrte sie einen Menschen mit einer langen Pfeife im Maul, die er auf den Boden aufgestützt hatte. Neben ihm, auf einem niedern Fauteuil hockte noch einer und drehte Zigaretten. Auf dem Tisch standen leere Weinflaschen und Gläser, und im Hintergrund auf einem Divan lungerten noch zwei Individuen herum, während eines rittlings auf einem Stuhl am Fenster saß, den Rücken der Stube zugekehrt.

»Herrgott, da legst di' nieder«, rief der zigarettendrehende Bruder in schlechtem Münchnerisch, während der andre gar nichts sagte, sondern eine überaus große Wolke weißblauen Dampfes ausstieß.

Der Zigarettenbruder besann sich eine Zeitlang, dann stand er auf – er war gerade mit Drehen fertig – und gab mit einer gemacht ehrfurchtsvollen Verbeugung Pimpernellche die Hand. Es war »Kall« der Älteste.

»Ihr habt Besuch?«, frug sie unsicher.

»Besuch? zwei Zimmerherrn und einen Besuch. Meine Schwester, Erzieherin, Schuvernante, wenn i bitten derf, sehr eine solide Jungfrau, direkt aus England importiert, keine gangbare Sorte« – stellte er vor.

Die beiden Herrn, die sich auf dem Divan geräkelt hatten, standen auf, verbeugten sich, und diese Verbeugung zugleich als Abschiedsgruß benützend, verschwanden sie.

»Terra incognita!«, lachte Karl und der auf dem Sofa grunzte mit. Plötzlich schrie er gerade hinaus vor Vergnügen: »Jessas! dass i jetzten erscht dran denk! Pimpernell, schnell dreeh di' um, das giebt an G'spaß, auch ohne Mondschein, schau doch wer dort steht! Na, bin ich kein edler Bruder und was verdien' ich für die Überraschung?«

»Keine Anzüglichkeiten meine Herrn, benehmen Sie sich der Situation gemäß!« Diese volle und dabei etwas schnarrende Stimme, Pimpernellche trat unwillkürlich einen Schritt zurück, der da am Fenster, – war von Reitz.

»Wohnen Sie in diesem Haus?«, stotterte sie fassungslos.

»Nein gnädiges Fräulein, jetzt nicht, früher, aber auch nur kurz – meine Finanzen, ja, –« murmelte er, »übrigens gereicht es mir zur ganz besondren Freude, gerade Sie hier begrüßen zu dürfen, Sie haben sich in eine elegante Dame in England verwandelt, ich gratuliere.«

»Oh – das –! es ist sehr liebenswürdig von Ihnen, ich, ich war gar nicht auf Sie vorbereitet.«

»Ich verstehe Sie. Sie sind auch in der Fremde kindlich und einfach geblieben, das Leben hat Sie nicht berührt.«

Ein Prusten vom Sofa her unterbrach ihn.

»Ihre Brüder sind auf dem äußersten Punkt des Mutwillens angelangt, sie haben Sie nie verstanden, nur ich – übrigens haben die jungen Herrn zu wenig zu tun.«

»Oho! – oho! Ich muss bitten! Da müsst' i 'bitten! Nix zu tun!«, schrien die zwei: »Wenn das ein Vergnügen und keine Arbeit ist, immer fünf Zimmerherrn ins Haus zu bringen und drinn zu halten –!«

»Nun was das »Halten« anbetrifft, dafür, dächte ich, sorgten doch Sie nicht!«

»Benehmen Sie sich der Situation gemäß«, äffte ihn Karl nach.

»Übrigens Mahlzeit jetzt, Pimpernellche, Du musst uns entschuldigen, wir müssen jetzt dringende Geschäfte erledigen, uns anziehen u.s.w., Mahlzeit! beschau Dir die andern Gegenden, Mutter u.s.w.«

Herr v. Reitz öffnete dem perplexen Pimpernellche die Türe, nicht die, durch die sie gekommen, und führte sie in einen kleinen blauen Salon, immer in respektvoller Entfernung hinter ihr gehend.

»Das Reich Ihrer Schwester.«

»Oh, ist das elegant!«, diesmal sah sie sich wirklich um. »Wie sie das nur so versteht! und auch, – wie sie's kann, wie sie's kann! Es sind teure Sachen –«

»Ja, Ihre Schwester ist immerhin veranlagt, wenn sie auch nicht gerade genial ist. Ihr fehlt jeder große Zug, ich hatte mehr erwartet, etwas zu viel vom Temperament der Mutter.«

Da regte sich ein gewisser Familienstolz in Pimpernellche. Sie hob den Kopf und wurde rot, während sie sprach.

»Ich denke, sie hat es weit genug gebracht. Sich so zum Haupt der Familie zu machen, und ein Haus in dem Stil zu leiten, – ich hätte das nicht gekonnt.«

»Nein, Sie hätten das nicht gekonnt.« Der Maler verneigte sich. »Es macht Ihnen alle Ehre, so neidlos zu sein, Sie sind in der Bescheidenheit und in der scheinbaren Erkenntnis der Sachlage die gleiche geblieben. Erinnern Sie sich auch noch an den Spruch, den ich Ihnen mitgab als Leitstern Ihres neuen Lebens: Tugend vergeht, Schönheit besteht?«

»Sie haben ihn damals falsch zitiert und zitieren ihn wieder falsch« unterbrach ihn Pimpernellche eifrig.

»Verzeihen Sie! Falsch für Sie, richtig für andere. Unsere Lebensauffassung ist ja etwas verschieden, aber doch nicht so, hoffe ich, dass sie sich nicht zusammenkorrigieren lässt. Sie sind ja auch aus der Familie. Was gedenken Sie hier zu tun?«

»Ich – ich weiß wirklich nicht.«

»Wenn ich Ihnen mit irgendetwas helfen kann, wenn Sie einen Freund brauchen –.« Er ergriff Pimpernellches Hand und küsste sie: »Bei den Ihren ist doch keine Möglichkeit« –

»Franz war wohl so lieb mir anzubieten« – stotterte Pimpernellche verlegen.

Der Maler horchte auf. »Franz? – Ach ja, der flotte Wittwer! Ich besinne mich. Gratuliere. Das ist auch kein Hindernis. Man muss sein Leben schön ausklingen lassen, wenn's in Harmonie geschehen kann, wenn man keine rechte andere Entwicklung mehr sieht, oder glaubt. Bringen Sie's zum schönen Abschluss mit ihm, verstehen Sie? Die Glanzlichter können Sie, wie wir Maler sagen, trotzdem immer noch aufsetzen. Und in diesem Sinne möchte ich mich nochmals als Freund empfehlen, vergessen Sie das nicht.«

Er machte ihr eine tiefe Verbeugung und ließ sie heiß und verwirrt in das Zimmer ihrer Mutter eintreten. Sie glaubte ersticken zu müssen, in allen Räumen war trotz des herrlichen Frühlingstages geheizt, sodass sie die Knöpfe ihrer Jacke aufriss.

Die Mutter, die immer noch mit Sannchen über den Musterbüchern brütete, schaute gar nicht auf, und Sannchen frug ganz unvermittelt:

»In welchem Hotel bischt dann?«

»In welchem Hotel?«

»No ja«, machte sie ungeduldig, »oder in welchem Gasthof?«

Pimpernellche knöpfte sofort wieder ihre Jacke zu.

»Das ist doch kein Grund bös zu werden! Man wird doch noch frage dürfe! Du siehst doch, dass Du *da herein* nicht passt; übrigens so arg pressierts nit, mir essen erst in 'ner Stund'.«

Aber Pimpernellche hatte schon die Türe in der Hand, kaum brachte sie ein »adieu« heraus, im Nu war sie draußen und raste förmlich die Treppen hinunter. Fast hätte sie Franz umgerannt, der im Hausgang auf sie wartete. Sie sah ihn gar nicht, wollte an ihm vorbei, bis er sie fest am Handgelenk packte und zum Wagen brachte.

Da saß sie lang und brachte kein Wort heraus, sah nur stier in eine Ecke.

Zuletzt hielts Franz nicht mehr aus, und wie er es bei solchen Gelegenheiten gewöhnlich machte, er fing zu schimpfen an. Über sich diesmal, was er nicht immer tat.

»Ich bin ein Feigling, ein elender, ja, ja, ja, Dich so allein da hinauf zu lassen, nein, nein! *Die Dummheit!* Und alles nur aus Angst! – ich Esel! – Sei still, Pimpernellche, komm, es ist ja nicht so schlimm, oh gar nicht –, nur vor Dir schämte ich mich –«

Da fuhr sie ihn aber an!

»Nicht so schlimm? Was weißt denn Du? Warst Du dabei? Wie kannst Du's wissen? Mich so zu behandeln! Nein! nein! nein, wie einen Hund! Und alles nur, weil, – weil ich nicht vornehm genug bin, weil ich – nicht in ihr feines Haus passe! Und *der* auch noch, *der* –«

Und nun kam's, ein ganzer Wasserfall noch dazu! Es war zum Verrücktwerden! Franz, dessen Gesicht die ganze Zeit seltsam gezuckt hatte, konnte sich diesem Ausbruch gegenüber gar nicht helfen. Am liebsten wäre er oben zur Kalesche hinaus.

Er redete zu, er streichelte des Mädchens Hände, er bat, er schimpfte, er fluchte, er rüttelte sie, er schrie sie an: »Still sein! Sei still! So red' doch! Still sein!«

Endlich, endlich wurde die Flut weniger, nur hie und da stieß sie's noch, zuletzt setzte sie sich kerzengrade und sagte mit aller Entschiedenheit: »Ich geh auf der Stelle wieder nach England.«

Das kam Franz so komisch vor, dass er gerade hinaus lachte.

»Vorderhand bist Du noch in meiner Droschke, und ich hab' gar nicht im Sinn, Dich sofort wieder nach England zu lassen.«

Er nahm auf einmal seinen Hut ab, wie wenn's ihm zu heiß würde, hielt ihn gravitätisch auf den Knien, schaute zum Wa-

genfenster hinaus, räusperte sich und sagte endlich: »Ich hab'
mir's überlegt, das heißt ich habe gar nicht viel Überlegung
dazu gebraucht, wie wär's denn, wenn Du mit zu mir gingst?«

»Zu Dir? Franz, Du bist gut, von Herzen gut, aber – eigentlich – und dann die Mama!«

Einen Augenblick duckten sich beide und waren mäuschenstill, dann sagte Franz: »Wenn Du fest zu mir stehst,
trau ich mir's sofort aufzunehmen, wenn Du sonst keine Bedenken –«

Und Pimpernellche schlug ein. Auf einmal wurde es ihr
leicht ums Herz, wenn sie an die Zukunft dachte, hatte sie ja
Franz! Und sie schaute in sein ehrliches Gesicht, das ganz verlegen aussah. Nein an etwas Schlimmes dachte Pimpernellche
nicht! Einfach, naiv, voll Wärme zuletzt, nahm sie den Plan
auf. Franz konnte beruhigt sein.

»Siehst Du, Du bist der einzige Mensch in Deutschland,
der sich überhaupt darum kümmert, wie mirs ums Herz ist.
In Deutschland! Auf der Welt überhaupt! Wenn ich bei Dir
bin, ist's mir wahrlich ein Stück Heimat, ich hab' sonst keine.
Ich will alles für Dich tun, Dir auch Deine Kinder gesund machen –«

»Mach' keine Geschichten« brummte Franz und wurde
noch verleg'ner. Nein, sie konnte beruhigt sein, wenn schon,
dann in allen Ehren, auch wenn sie aus der Familie war.

»Mit mir war auch schon lang keiner mehr gut, und mir
tut's auch wohl«, murmelte er und griff nach Pimpernellches
Hand. Dann schauten sich die beiden Bundesgenossen einen
Augenblick an, und Pimpernellches Gebaren war das eines
»ahnungsgrauend, todesmutig«, aber verzückt in den Kampf
Eilenden. Und er tobte wirklich droben, nachdem die Mama
den ersten Schrecken überwunden und völlig Herr ihrer Zunge war.

Pimpernellche hielt sich wundervoll. Eine Dame gegen
ein Waschweib. Franz war eitel Erstaunen und Bewunderung.

Vorderhand beschränkte er sich darauf. Im Allgemeinen ging seine indolente Natur noch immer jedem Kampf in einer schönen Linie aus dem Wege, aber nachdem Pimpernellche ihn mit aufmunternden Blicken antrieb, und er sich genugsam an ihrer Energie gestärkt hatte, setzte auch er ein. Und wenn's einmal so weit war, machte er es gleich radikal ab. Es war genau höchste Zeit, die Alte fing von der Schwester an, gerade, dass er die Belfernde in ein anderes Zimmer drehen und ihre giftige Zunge isolieren konnte. Kaum zehn Minuten danach kam er sehr gerötet, aber gehoben zurück, und in einer Viertelstunde rasselte eine Droschke vor, die den alten Drachen zum Jubel der Dienstboten entführte.

»Ich hab' ihr gesagt, dass sie von nun an kein Recht mehr hätte, sondern, dass das einer andern zustehe und die andre seist Du, weil ich – so hilf mir doch, Pimpernellche, weil ich Dich, nun weißt Du denn nicht was ich will?

Mei Fraa, sollscht werre«, schrie Franz endlich im echtesten Pfälzisch, »wann d' willscht, freilich, wann d' willscht.«

Er war auf einmal ganz kleinlaut geworden, nachdem ihn die Woge des Sieges so hoch getragen. Ängstlich schaute er auf Pimpernellche, es kam ihm gar nicht mehr vor, wie wenn er ihr ein Geschenk gäbe, sondern wie wenn er um eines bäte.

»Willscht dann nit?«, schrie er endlich ungeduldig, im Zorn aller Gutmütigen.

Aber da hing sie auch schon an seinem Halse, und diesmal ärgerten ihn die Tränen nicht, die ihr aus den Augen stürzten, es waren übrigens nur ein paar, und sie lachte gleich darauf.

»Jetzt versteh' ich's erst. *Das* hat v. Reitz gemeint, diesen Abschluss!«, stammelte endlich Pimpernellche. »Wie weitsehend er ist und welch edler Mensch! Ich habe ihn doch verkannt. »Man muss sein Leben schön ausklingen lassen«, sagte er, – ich habe ihn ja heute bei den Meinen getroffen, denke! – Ja, Dich, die Kinder, und ihn als Freund«, sie umarmte Franz stürmisch, »welche Harmonie! oh, er wird das versteh'n, Franz, wie glücklich werden wir sein! Wie ist das so plötzlich gekommen, dies Himmelsgeschenk –« und sie hielt Franz an beiden Händen fest, ein wenig von sich ab; »nun bist Du doch mein Elmar, freilich ein ganz andrer«, sagte sie lächelnd, »wie das Leben doch reift und verwandelt! Nun mag sie mich verachten und belächeln, die vornehme Familie, ich tausche jetzt nicht mit ihnen.«

»Davon ein andermal«, sagte Franz würdig, aber ein Grinsen konnte er doch nicht unterdrücken.

www.ingramcontent.com/pod-product-compliance
Lightning Source LLC
Chambersburg PA
CBHW020801020726
47495CB00008B/2544